W0310983

Zeruya Shalev

Nicht ich

ZERUYA SHALEV

Nicht ich

Roman

Aus dem Hebräischen
von Anne Birkenhauer

BERLIN VERLAG

Mehr über unsere Autorinnen, Autoren und Bücher:
www.berlinverlag.de

Von Zeruya Shalev liegen im Berlin Verlag vor:
Liebesleben
Mann und Frau
Späte Familie
Für den Rest des Lebens
Schmerz
Schicksal

Wir behalten uns eine Nutzung des Werks für Text und Data Mining im Sinne von §44b UrhG vor.

ISBN 978-3-8270-1476-4
2. Auflage 2024
Die Originalausgabe erschien 1993 unter dem Titel »Dancing, Standing Still« bei Keter Publishing, Jerusalem
© Zeruya Shalev 1993, 2024
Für die deutschsprachige Ausgabe:
© Berlin Verlag in der Piper Verlag GmbH, Berlin/München 2024
Satz: Satz für Satz, Wangen im Allgäu
Gesetzt aus der Calluna
Druck und Bindung: GGP Media GmbH, Pößneck
Printed in Germany

VORWORT DER AUTORIN

Es war ein überraschend warmer Dezembermorgen im Jahr 1991, lang bevor man überhaupt von der globalen Erderwärmung sprach. Ich saß im Café des YMCA in Jerusalem draußen an einem Tisch, nachdem ich meine kleine Tochter in ihrem Kindergarten auf der obersten Etage abgegeben hatte. Ich holte das Manuskript eines Schriftstellers, den ich damals lektorierte und mit dem ich verabredet war, aus der Tasche und wartete.

Zum Glück gab es damals noch keine Mobiltelefone. Er konnte mir nicht mitteilen, dass er sich verspätete, und ich konnte meine Zeit nicht mit all den heute üblichen Ablenkungen verschwenden. Da saß ich – tatenlos –, was nur selten vorkam, und betrachtete die Mütter, die eilig ihre weinenden Kinder, die sich nicht trennen wollten, hinter sich herzerrten. Sie sahen dermaßen erschöpft aus. Und der Tag hatte doch erst angefangen.

Ich erinnere mich noch gut an dieses merkwürdig warme Wetter, an die Kinderstimmen, die Chanukkalieder sangen, und an das vertraute Jucken in den Fingern, jene Anspannung, die die Wörter erzeugen, wenn sie sich zusammenfinden, und so drehte ich, während ich auf meinen Autor wartete, die erste Seite seines Manuskripts um und beschrieb die leere Rückseite.

Ich nahm an, es würde ein Gedicht, denn ich schrieb damals hauptsächlich Lyrik, doch zu meiner Überraschung zogen sich die Zeilen immer mehr in die Länge. Der Autor erschien mit einer Stunde Verspätung zu unserer Lektoratsbesprechung, und da hatte ich bereits zehn beschriebene Seiten. Nicht nur beschriebene, sondern brennende Seiten. Als ich sie am Ende des Tages wieder las, erschrak ich. Das war so anders als die Gedichte, die ich damals schrieb, und auch ganz anders als die wenigen Kurzgeschichten, die in meiner Schublade lagen.

Zu diesem Zeitpunkt war ich 32, verheiratet und Mutter einer vierjährigen Tochter. Ich hatte, wie es in Israel in jenen Jahren üblich war, ziemlich früh eine Familie gegründet. Die meisten meiner Freundinnen hatten das sogar noch früher getan. Familie, Mutterschaft, Verantwortung, all diese Begriffe waren für mich noch ganz frisch und weckten zwiespältige Gefühle. Es war die stürmische Übergangszeit vom Ende der Jugend in die Welt der Erwachsenen, eine Zeit dramatischer Veränderungen von einer ungebundenen, primär auf sich selbst bezogenen Persönlichkeit zu einem Wesen, das Glied eines Familienkörpers wurde, der plötzlich, gleichsam aus dem

Nichts entstand. Eine Zeit extremer Umwälzungen der Seele, die sich nach Harmonie sehnte, aber in ein bedrohliches Chaos geriet. Vor lauter Zweifeln hatte ich manchmal das Gefühl, alles breche auseinander.

Ich war entsetzt, blieb aber dran, schrieb weiter und gab mich mit Neugierde und Schmerzen dieser Figur hin, die aus mir herausschrie, dieser wilden jungen Frau, die sich gegen ihre Mutterpflichten auflehnt, die Konventionen durchbricht und der zum Schluss von allen ihren Beziehungen nichts bleibt. Einer Figur, die über ihr Leben und ihre verschiedenen Verluste widersprüchliche Versionen erzählt, eine absurder als die andere.

Sie war nicht ich, aber sie schrie, wie gesagt, aus mir heraus, in einem wilden und gnadenlosen Monolog, einer Art Seelenstrip oder Stand-up-Tragödie, mal klagend, mal anklagend, mal Liebe erflehend, mal ihre Geliebten verhöhnend – voller Ungereimtheiten; sie griff das Publikum an, und sie attackierte sich selbst.

Etwa anderthalb Jahre lang schrieb ich über sie, und an deren Ende zerbrach auch meine Familie. Ich hatte den Roman mit der Hand geschrieben, mit Bleistift und Radiergummi, manchmal auch eine Schere verwendet. Dabei lernte ich, schöpferische Einfälle und Inspiration mit Reflexion und Planung zu verbinden, poetische mit gesprochener Sprache zu verweben. Ich hatte mich zum ersten Mal auf den geheimnisvollen Weg des Romanschreibens begeben. Aufgewühlt, besorgt und voller Erwartung.

Als das Buch im August 1993 erschien, erwartete mich

eine böse Überraschung. Anscheinend reagierte man auf meinen stauchenden Monolog, indem man mich zusammenstauchte, und auf die Aggressivität der Figur primär mit Gegenaggression. Es war wohl die mangelnde Empathie meiner Figur, die mangelnde Empathie mir gegenüber auslöste; die Ambivalenz der Heldin weckte vor allem Ablehnung und Verriss. Anders als mein einige Jahre vorher erschienener Gedichtband wurde mein Erstlingsroman mit Wut und Unverständnis aufgenommen.

Diese Reaktionen ließen mich verwundet und verängstigt zurück. Womöglich würden die Autoren des Verlags mir nun nicht mehr vertrauen, ich würde als Lektorin keine Arbeit mehr finden. Ich verlor den Glauben nicht allein an das Buch, sondern an mich als Schriftstellerin. Ich beschloss, ab jetzt nur noch Lyrik zu schreiben, aber es kamen keine Gedichte. Ab und zu begann ich eine Kurzgeschichte, brachte sie aber meist nicht zu Ende. Hin und wieder hörte ich von Lesern auch, wie sehr sie das Buch mochten, aber das verstärkte mein Gefühl von Enttäuschung nur.

Über zwei Jahre vergingen, dann meldete sich wieder das vertraute Jucken in den Fingern, eben diese Anspannung, die die Wörter erzeugen, wenn sie sich zusammenfinden. Ich erinnere mich, ich nahm ein leeres Heft aus der Schultasche meiner Tochter, die nun schon in die erste Klasse ging und schrieb darauf: *Liebesleben*. Wieder erlebte ich, wie das Schreiben floss, aber zu meiner Überraschung fühlte ich mich jetzt befreit von allen Befürchtungen und Erwartungen, beinahe gelassen.

Nach dem Erfolg von *Liebesleben* und den nächsten Romanen hörte ich immer häufiger von Lesern und Kritikern, dass sie mein erstes Buch schätzten. Plötzlich wurden akademische Studien darüber geschrieben, und in Russland, dem einzigen Ausland, in dem es seinerzeit erschienen war, bekam es ausgezeichnete Kritiken. Ich selbst blieb ihm gegenüber jedoch all die Jahre entfremdet. Ab und zu sah ich es im Regal, warf einen kurzen Blick hinein und klappte es schnell wieder zu. Es war eine schlechte Erinnerung.

Erst nachdem ich *Schicksal,* meinen siebten Roman, abgeschlossen hatte, wagte ich es, meinen Erstling noch einmal zu lesen. Vom Anfang bis Ende. Und nicht nur einmal. Plötzlich spürte ich in mir die Bereitschaft, ihn als Teil von mir anzunehmen, auch wenn er »nicht ich« ist. Zum ersten Mal konnte ich meine wilde und gebeutelte Heldin in der Zerrissenheit zwischen ihrem Mädchen und dem Mädchen in sich ins Herz schließen und Mitgefühl für sie empfinden, ja sie sogar für ihren Mut bewundern.

Als ich begann, den Roman für Sie, mein treues deutsches Publikum, vorzubereiten, spürte ich, dass es nötig war, ihm eben jene mütterliche Zuwendung zukommen zu lassen, die ich ihm damals nicht hatte geben können. Ich tauchte noch einmal in seine chaotische Welt ein und versuchte unter anderem, jene Stellen aufzuspüren, die mehr Vermittlung oder Präzision erforderten, Gedanken, die unverständlich oder rätselhaft geblieben waren. Ich versuchte, auf dem Zeitstrahl zurückzukehren und der jungen Autorin, die ich damals war, die Hand zu reichen, ihr hin und wieder zu helfen, ein Potenzial, das bisher nur zwischen den Zeilen angelegt war, in Worte zu fassen.

Bei dieser aufregenden Reise begleitete mich Anne Birkenhauer-Molad, eine Übersetzerin und Lektorin, wie man sie nur selten findet. Während sie zwischen dem Hebräischen und dem Deutschen vermittelte, gelang es ihr darüber hinaus, ab und zu zwischen mir und zwischen der, die ich damals war, zu vermitteln; ich bin ihr überaus dankbar für ihr weises Herz und ihren scharfen Blick.

Ich danke auch allen Mitarbeitern des Berlin Verlags, der in diesem Jahr sein dreißigstes Jubiläum feiert. Der Verlag, der selbst einige Veränderungen durchgemacht, Besitzer, Lektoren und Werbeleute gewechselt hat, ist für mich immer ein verlässliches und gutes Zuhause geblieben.

Dies ist auch der Ort, meinem Mann, Eyal Megged, zu danken, dessen kompromisslose Unterstützung gerade in jenen Jahren für mich von unschätzbarem Wert gewesen ist.

Genau sieben Monate nachdem ich der Liebe meines Lebens begegnet war, gingen wir, mein Mann und ich, uns heilen lassen. Der Heiler war ein Greis mit zitternden Fingern und einem depressiven Mund. Hättet Ihr uns drei so gesehen, Ihr hättet gedacht, wir seien gekommen, um ihn zu heilen. Wir trugen saubere schwarze Hemden, was unsere weißen und mutigen Gesichter betonte. Wir waren weiß vor Problemen, er blau vor Hoffnung. Heraus kam bei dieser Mischung ein süßlich helles Himmelblau. Sonst nichts. Hellblaue Vorhänge, ein hellblauer Langhaarteppich, hellblaue Kissen. Alles, was ein Mensch durch einen einzigen Fehler verlieren kann. Am Rand saß schweigend ein weiterer glatzköpfiger Mann und schrieb auf hellblauem Papier eine ziemliche Latte zusammen. Ich sagte: »Wie kann das sein? Wie viele Probleme können zwei Menschen denn haben?«

Der Heiler nahm einen Schluck Wasser und schüttete sich das ganze Glas über die Hose. Er schrumpfte vor Scham. Sofort stand mein Mann auf und trocknete ihn ab. Danach gab er ihm löffelweise zu trinken. Ich sagte: »Woher nähme ich das Recht, ihm ein Kind zu verweigern?« Viele Möglichkeiten gab es also nicht. Ich saß da, die ganze Situation war absolut unglaublich. Unten auf der Straße stand jemand, der billig Kreisel verkaufte. Er rief: »Die Preise kreiseln und drehn sich wie verrückt! Die Welt ist aus den Fugen, das ganze Haus steht Kopf!«

Die Operation, die sie vorschlugen, war absolut unzumutbar. War sie wirklich notwendig? Mein Mann und der Heiler beobachteten mich neugierig. Der Heiler setzte sich auf den weichen Schoß meines Mannes und strahlte vor Glück. Er sagte: »Schauen Sie, einen defekten Kopf muss man operieren. Einen Kopf, der in Ordnung ist, muss man nicht operieren.« Er holte einen riesigen Spiegel aus der Schublade und stellte ihn vor mich hin: »Entscheiden Sie, ob Ihr Kopf in Ordnung ist oder defekt.«

Der Spiegel blendete mich, ich konnte nichts sehen. Ich schaute zu meinem Mann. Schon sieben Jahre und sieben Monate traf er alle Entscheidungen für mich. »Was meinst du?«, fragte ich ihn, und er lächelte brutal. »Eine Frau, die sich von mir trennt, verzichtet auch darauf, meine Meinung zu hören.« Ich schaute zu dem Heiler. Er meinte: »Ich würde Ihnen gerne helfen, aber ich bin vor Alter blind.« Ich ging hinunter auf die Straße und rief den Kreiselverkäufer. Der sagte: »Tut mir leid, aber alles, was nicht die Form eines Kreisels hat, sieht für mich defekt aus. Kommen Sie, ich kleb Ihnen einen Kreisel an den Kopf; das löst alle Ihre Probleme.«

Im Kindergarten des Mädchens sangen sie bereits Chanukkalieder, aber geregnet hatte es noch nicht, und es war heiß. Im Radio sprach man von den Gefahren, die bei Chamsin-Wind von brennenden Kerzen ausgingen, und empfahl, die Chanukkaleuchter auf Eiswürfel zu stellen. Die Kreisel aus Blei zerschmolzen den Kindern in den Händen. Wenn Ihr auf der Straße ein Kind mit verbundenen Händen saht, wusstet Ihr gleich, warum. Man sah kaum noch Kinder ohne Verband. Deshalb streckte mein Mann plötzlich den Kopf aus dem Fenster und rief herunter: »Dass du es nicht wagst, bei dem einen Kreisel zu kaufen.«

Ich entschuldigte mich eilig und ging zurück ins Zimmer des Heilers. Ich sah, der Mann am Rand hatte schon lange Zahlenreihen geschrieben. Mein Mann wiegte den Heiler in seinen Armen. Er sagte zu ihm: »Schon immer wollte ich stillen, und noch mehr wollte ich Kinder kriegen.« Der Heiler kicherte genüsslich. Er versprach: »Das können wir heute alles lösen.«

Als wir bei ihm rausgingen, war mein Mann schwanger und ich ohne Gebärmutter. »Es gab keine andere Wahl«, hatte der Heiler sich entschuldigt. »Solange Sie noch verheiratet sind, sind Sie eine Einheit. Was ich ihm gegeben habe, musste ich bei Ihnen wegnehmen.« Ich sagte zu meinem Mann: »Konntest du damit nicht warten, bis wir geschiedene Leute sind? Ausgerechnet meine Gebärmutter wolltest du haben?« Sein Bauch schwoll schon an. Nacheinander sprangen die Knöpfe seines Hemdes ab.

»Na schön.« Ich gab klein bei. »Ich geb dir auch meine Umstandskleider, die brauchst du jetzt nötiger als ich.« Auf einen Schlag war meine Wut vorüber, sie schlug sogar um, in Mitleid. Keiner außer mir wusste es, aber in meiner Gebärmutter lag schon ein kleines, bösartiges Geschwulst. Nun bekam mein Mann von mir als Scheidungsgeschenk die Gebärmutter und dazu gleich noch das Geschwulst.

Als wir runtergingen, sahen wir den Kreiselverkäufer weinend vor einer Pfütze aus kochendem Brei sitzen. »Alle Kreisel sind auf einen Schlag geschmolzen«, jammerte er, »ich steh da und rufe noch: ›Die Welt ist aus den Fugen, das ganze Haus steht Kopf!‹, und indessen zerschmilzt mir das eigene Haus vor den Augen. Was mach ich denn jetzt?«

»Sehen Sie, mein Freund«, sagte mein Mann zu dem Kreiselverkäufer, in seinen schwarzen Augen glänzte religiöser Eifer, »dort oben wohnt der Heiler, der löst alle Ihre Probleme. Gehn Sie zu ihm hoch, er wird schon wissen, welche Operation die richtige für Sie ist.« – »Eine Operation?!«, schrie der Kreiselverkäufer. »Mir schmilzt das Haus weg! Was für eine Operation kann da noch helfen?«

Genau darauf hatte mein Mann gewartet. »Die Operation«, erklärte er geduldig, »wird Ihnen helfen, das Haus in Ihnen selbst zu finden. Er wird Ihnen ein Haus einpflanzen, dann brauchen Sie keine Häuser mehr aus gegossenem Blei.«

Das geschah, nur einen Monat bevor das Mädchen in Gefangenschaft geriet. Mein Mann war davon überzeugt, ich hätte sie ihnen ausgeliefert, aber es gibt drei Zeugen, die unter Eid aussagen können, dass sie entführt wurde. Die haben gesehen, wie die Soldaten sie in ihrem Tanzröckchen vom Spielplatz wegholten und über die Grenze brachten. Bei ihren Verhören sagte das Mädchen: »Ich habe keinen Vater, ich habe keine Mutter, ich habe keinen Bruder, ich habe keine Schwester«, doch sie glaubten ihr nicht.

Ihr könnt es glauben oder nicht, Hauptsache, endlich war etwas passiert. So hatte es nicht mehr weitergehen können. Ich hatte schon seit Jahren einen deprimierenden Tageslauf. Mein Mann wunderte sich, dass ich morgens nicht aufstand, und ich antwortete ihm: »Dich möcht ich sehen, wie du mit einem so deprimierenden Tageslauf morgens aus dem Bett kommst.« Also weckte er das Mädchen immer, zog ihr ein geblümtes Kleidchen an, putzte ihr die Zähne und fütterte sie mit Haferbrei, flocht ihr zwei Zöpfe und setzte ihr den kleinen Rucksack auf. So, mit den zwei Zöpfen und der Tasche auf dem Rücken, kam sie sich bei mir verabschieden.

Ein Mädchen, um das du dich nicht kümmerst, sagte ich mir, wirst du nicht lieben. Ein Mädchen, dem nicht du die Zöpfe geflochten hast, ist nicht deine Tochter. Wie Besuch, der nur kurz hereinschaut, kam sie in mein Zimmer, gab mir einen kleinen Kuss und sagte: »Steh endlich auf.« Ich musste mich schützen. Ich wusste nicht, wozu sie noch fähig war. Es heißt, die harmlosesten Gesichter verbergen die entsetzlichsten Gedanken, und sie, sie hatte das argloseste Gesicht, das man sich vorstellen kann.

Sie war eine Puppe, die man verzaubert hatte, sodass sie plötzlich zu atmen begann. Ich wusste nicht, wie lang ihr Motor laufen würde. Manchmal, wenn sie nachts aufwachte und weinte, sagte ich zu meinem Mann: »Schalt sie endlich aus. Wie lang soll das noch so gehen?« Schockiert sah er mich an und nahm sie in den Arm. Ich wusste, er würde sie entführen und bei der ersten Gelegenheit in ein Flugzeug setzen. In einem Puppenkarton wäre niemand draufgekommen, dass sie lebt. Als Geschenk war sie makellos, aber mir war klar, sie wusste zu viel.

Was hätte ich dann machen sollen? Jahre auf einen Anruf von ihm warten, dass er mir sagt: »Heut sind wir in Uruguay, morgen in Paraguay«, und das Mädchen mich mit fremdem Akzent ermahnt: »Steh endlich auf«? Dieses Leben ist nichts für mich. Jeder, der mich kennt, sagt mir: »Also du, du musst ja auf einem Fluss treiben und brauchst jemanden, der dir mit dem Fächer die Fliegen verjagt.«

Am Tag, an dem mein Mann auszog, rief ich ihn in seiner neuen Wohnung an und sagte: »Du hast hier eine Socke vergessen.« Er fragte: »Welche Socke?« Ich sagte: »Die weiße mit dem Loch.« Er sagte: »Wirf sie weg.« Ich sagte: »Einfach so wegwerfen? Jahre hast du auf ihr rumgetrampelt, und jetzt willst du sie wegwerfen?« Er sagte: »Jahre hast du auf mir rumgetrampelt, und jetzt wirfst du mich weg?« Ich sagte: »Ach, endlich höre ich mal was Interessantes von dir.« Wir lachten freundschaftlich.

Ich wünschte ihm viel Erfolg bei der Geburt und alldem. »Wenn du einen Rat brauchst, ruf an. Ein Glück, dass du bei meiner Entbindung dabei warst, so weißt du mehr oder weniger, wie es geht.« Er sagte: »Alles, was ich von deiner Entbindung noch weiß, ist, dass du dich in den Geburtshelfer verliebt hast und dich dann nichts anderes mehr interessiert hat.« Ich sagte zu ihm: »Wieder hast du recht. Auch ich kann mich an nichts anderes erinnern.« »Was machen wir dann?«, fragte er. »Geh in einen Geburtsvorbereitungskurs wie alle andern auch.«

Eine Stunde später rief er an: »Solltest du die zweite Socke noch finden, nehm ich sie vielleicht doch. Jetzt, mit dem Unterhalt und so, bleibt mir kein Geld für Socken.« Ich sagte zu ihm: »Die andere Socke haben wir vor sieben Jahren und sieben Monaten verloren, erinnerst du dich nicht?«

Er wechselte das Thema. »Vielleicht sollten wir dem Mädchen ein Paket von uns beiden in die Gefangenschaft schicken, damit sie nicht erfährt, dass wir uns haben scheiden lassen?« Ich sagte: »Du Idiot, sie behauptet bei den Verhören doch, sie hätte keine Eltern, und dann bekommt sie von ihnen plötzlich ein Paket?« »Dann schreiben wir, es sei von ihrem Bruder und ihrer Schwester.« Ich sagte: »Du Idiot, sie sagt auch, sie habe keine Geschwister.«

Da ich ohnehin am Telefon saß, rief ich den Ex-Liebhaber an. Er meldete sich mit knarzender Stimme. Ich sagte zu ihm: »Ich glaube, du hattest den stehendsten und längsten Schwanz, den ich je gesehen habe, und jetzt höre ich, dass ausgerechnet er schon bald begraben werden soll. Wie das?«

»Du hast recht. Die Ärzte prophezeien mir eine Lebenserwartung von sieben bis zehn Tagen.« Ich sagte: »Ich spreche von ihm, nicht von dir. Ich gehe davon aus, dass mit jedem Mann, der stirbt, auch ein Schwanz aus der Welt verschwindet, aber in deinem Fall ist das besonders betrüblich.«

»Lass dich nicht von Äußerlichkeiten täuschen. Mein Schwanz war nur wegen meiner Krankheit so groß. Wegen des Fiebers hatte ich dauernd diesen Ständer. Frag nicht, das war ein Albtraum.«

»Einige haben das bestimmt sehr genossen«, sagte ich und grinste vor mich hin, »zum Beispiel deine französische Konkubine. Apropos, wie geht es ihr denn?«

»Frag nicht«, sagte er zerknirscht, »die Ärzte vermuten, dass ich sie angesteckt habe. Jetzt liegt ihre Fotze in der kalten Erde, und glaub mir, das betrübt mich sehr.«

»Kann ich mir denken. Dann ist sie mir also auch diesmal zuvorgekommen, diese französische Hure! So wie sie auch immer vor mir in dein Bett kroch, um ihn zu bekommen.«

»Ich wollte dir wirklich sagen, du solltest dich testen lassen«, sagt er, »ich entschuldige mich, falls ich dir da etwas angehängt haben sollte, aber was kann man machen. Man lebt nur einmal.«

»Und auch das nur mit Mühe«, sage ich, »vielleicht willst du heut Abend mit mir feiern?«

»Was denn?«, fragt er erstaunt.

»Meine Scheidung, den Tod der französischen Konkubine, deinen nahenden Tod, die Schwangerschaft meines Ex-Mannes. Und heute früh sind mir zudem auf einen Schlag alle Haare ausgefallen. Hattest du je einen besseren Grund zum Feiern? Lass uns mit einem Glas Flüssignahrung anstoßen, ich habe ja gehört, kauen kannst du nicht mehr. Lass uns von den schönen Zeiten reden, als mich nichts außer deinem Schwanz interessierte und dich nichts außer der französischen Konkubine.«

»Tut mir leid«, sagt er, »ich hab nicht die Kraft für so viel Feiern. Ruf in zehn Tagen noch mal an.« Er legt auf.

Zehn Tage später rief ich ihn an. Seine Stimme war kaum noch zu hören. Ich sagte: »Du brauchst dich nicht anzustrengen, diesmal rede ich. Schuld an allem sind du und mein Vater. In dieser Reihenfolge. Er hat früher angefangen, aber du hast mir den entscheidenden Schlag verpasst. Er hat wenigstens Ausreden, ich weiß nicht genau, welche, aber das werd ich bald erfahren. Beim Prozess. Ich habe gehört, er hat eine ganze Batterie von Anwälten angeheuert. Hörst du? Eine ganze Batterie von Anwälten beschäftigt sich mit diesem Fall! Und was wirst du tun?«

»Ich werde umschwirrt von meinen Dienstengeln erscheinen«, flüstert er.

»Dienstengel?!« Ich spucke das Wort in den Telefonhörer. »Noch nicht einmal die Engel der Zerstörung wagen sich in deine Nähe! Kein anderer Mann hat mich so angeekelt wie du. Alle Kleider, die du berührt hast, hab ich verbrannt. Nur die Stellen an mir, die du berührt hast, hab ich mich nicht getraut zu verbrennen.«

»Ich hab es schon immer gewusst, du bist nicht mutig genug«, röchelt er. »Nimm zum Beispiel die französische Konkubine. Am Tag, als sie erfuhr, dass ich krank bin, hat sie sich zusammen mit ihren Kindern angezündet. Sie sagte: ›Die Welt ist ohne seinen Schwanz nicht lebenswert.‹ So etwas hätte ich auch von dir erwartet.«

»Dann ist es höchste Zeit, dass du deine Erwartungen runterschraubst. Aber da wir ihn nun schon wieder erwähnen und du ja auch noch am Leben bist – was hältst du davon, dass ich ihn noch mal besuche? Nur einen kurzen Abschiedsbesuch. Du musst dich nicht verausgaben.«

»Bitte«, sagt er, »nur beeil dich, das ist mein letzter Tag. Weißt du noch, wo du ihn findest?«

An ebendiesem Tag hatte ich aufgehört zu laufen. Meine Beine waren schwach, mein Körper war schwer. Ich rief den Geliebten an und flehte ihn an: »Bitte, fahr mich zum Haus des Ex-Liebhabers.« Der Geliebte gähnte. Auch diesmal weckte ich ihn aus tiefem Schlaf. Am Tag, an dem mein Mann schwanger wurde, war der Geliebte eingeschlafen und war sieben Tage lang nicht wach zu kriegen. In der zweiten Woche betrug die längste Zeit, die er wach bleiben konnte, genau eine viertel Stunde.

»Wie sollen wir das alles in einer viertel Stunde schaffen?«, fragte er verschlafen. »Beeil dich«, sagte ich, »dann bist du in fünf Minuten bei mir. Du trägst mich ins Auto, denn ich kann nicht mehr gehen. Wenn du schnell fährst, sind wir in fünf Minuten beim Haus des Ex-Liebhabers. So schaffen wir alles in einer viertel Stunde.«

»Aber wie komm ich zurück in mein Zimmer?«, fragte der Geliebte verzweifelt. »Wo ich doch genau nach einer viertel Stunde wieder einschlafe.«

»Dann schläfst du eben im Auto«, antwortete ich ungeduldig, »und wenn ich mein Ding mit dem Ex-Liebhaber fertig habe, weck ich dich.«

Der Geliebte ist zu müde, um eifersüchtig zu sein. Früher war beim Namen des Ex-Liebhabers sein ganzer Körper zusammengezuckt. Jetzt höre ich, wie er sich streckt und seufzt: »Ich bin gleich da. Sei dann fertig.«

In allem Schlechten steckt auch etwas Gutes. Seit mir die Haare ausgefallen sind, bin ich immer rechtzeitig bereit. Früher ging bei mir der ganze Morgen mit Frisieren drauf. So einen Pferdeschwanz oder einen andern oder flechten, und wenn, wie? Oder doch lieber nicht? Jetzt zieh ich mir die Strickmütze über die Glatze, binde den Kittel mit einem Gürtel enger und bin fertig.

Der Geliebte kam angerannt und trug mich auf Händen. Ich wusste, er würde es mir nicht verweigern. Der Geliebte hat mir noch nie etwas verweigert, und deshalb verweigerte ich mich ihm. Während er fuhr, streichelte ich seine Wimpern und schaute auf die Uhr. In drei Minuten würde er einschlafen. Und wir waren noch weit vom Haus des Ex-Liebhabers entfernt. An welcher Kreuzung würde ihn wohl der Schlaf übermannen? An der Kreuzung, an der wir uns immer verabredet haben, oder an der, wo wir uns immer verabschiedeten? An der Kreuzung, an der wir immer über die Vergangenheit redeten, oder an der, wo wir über die Zukunft sprachen?

Ich sah, wie er seinen schönen Kopf resigniert hin- und herwiegte und immer und immer schneller fuhr. Ich versuchte, seine Augenlider festzuhalten, aber genau eine viertel Stunde nachdem mein Anruf ihn geweckt hatte, blinkte er, fuhr rechts ran, legte den Kopf aufs Steuer und schlief ein. Der Geliebte, Hoffnung all meiner Hoffnungen, Grund aller Gründe, liegt blind, taub und stumm hier neben mir, zu nichts mehr nütze, auch nicht mehr schädlich, nicht lebendig, nicht tot, betrügt nicht und ist nicht treu, nicht Liebhaber, nicht Ehemann.

»Immer haben wir davon geträumt, zusammen zu schlafen«, flüstere ich in ein schlaffes Ohr, »weißt du noch, wie du mich gegen Morgen nach Hause gefahren hast? Wie schwer es uns fiel, uns, wenn auch nur für ein paar Stunden, zu trennen, und wie wir alles dafür gegeben hätten, zusammen zu schlafen? Da, jetzt hast du es«, füge ich zornig hinzu, »ich habe dir immer gesagt: Alle Träume werden irgendwann wahr!« Ich schiebe die Sitzlehne nach hinten, binde mir den Kittel fester und schlafe ein.

Während ich schlief, wuchs meine Wut. Als ich aufwachte, war das kleine Auto für sie zu klein. Ich öffnete dem nächtigen, staubigen Wind das Fenster und brüllte dem Geliebten ins Ohr: »Du Schlappschwanz! Du leere Null! Du impotenter Sack! Schlafen wolltest du mit mir, heiraten wolltest du mich, ein Kind mit mir machen! Du hast mich von meinem Mann weggebracht. Hast mich gezwungen, das Mädchen auszuliefern; sogar auf meine Gebärmutter hab ich verzichtet, um die Scheidung zu kriegen, und jetzt? Jetzt schläfst du einfach! Ich bin eine zerstörte Frau, die nie mehr heiraten kann, ich bin Witwe, ich bin geschieden, ich hab ein Kind verloren, und du, du schläfst!«

Der glühende Wind brachte ein Gefühl von Mittag mit sich, aber es war schon Nacht. Aus den Reihenhäusern drang der Geruch von Mittagessen, aber es war das Nachtessen. Oder hat sich mit der Operation doch etwas verändert, und ich verstehe die einfachsten Dinge nicht mehr: Nachts ist es dunkel, tagsüber hell. Im Sommer ist es warm, im Winter kalt.

Ich trete kräftig gegen das Knie des Geliebten. Es hüpft, aber er wacht nicht auf. »Sag mal«, brülle ich in sein Ohr, »jetzt wolln wir mal sehn, wie klug du bist. Mittagessen isst man mittags und Abendessen abends, oder täusch ich mich da? Antworte mir, verdammt noch mal!« Ich schreie wieder, versuche es mit einem kräftigeren Tritt in die Eier: »Wenn man sich liebt, heiratet man, wenn man sich hasst, lässt man sich scheiden, oder täusch ich mich da?«

Der Geliebte stöhnt für einen Moment, schläft aber

weiter. Tief. »Erlaube mir, deine rosa Träume etwas zu erschüttern«, versuche ich es süßlich, »denn wenn ich mich nicht irre, ist es jetzt schon Nacht. Um genau zu sein, ist es die letzte Nacht des Ex-Liebhabers, und wenn auf die Angaben der Ärzte Verlass ist, bleiben ihm, wenns hoch kommt, noch zwei Stunden. Falls es dich nicht stört, würde ich mich gern angemessen von dem verabschieden, was ihm da zwischen den Beinen gewachsen ist, denn so was, bei allem Respekt, werd ich nicht noch mal sehen. Könntest du also vielleicht deine letzten Kräfte zusammennehmen und mir noch ein paar Minuten deiner kostbaren Wachheit schenken?«

Männer mögen es anscheinend lieber, wenn man sie bezirzt, und letztlich ist der Geliebte eben ein Mann. Er schlägt die Augen auf, tastet nach seinen schmerzenden Eiern. Ohne ein Wort fährt er los. Schon seit Monaten versucht er, mich zu überzeugen, dass ich mich auf ihn verlassen kann, und jetzt bereue ich es, dass ich ihm immer noch nicht traue. Er ist so was von verantwortungsvoll, der Geliebte. Ohne ein Wort fährt er mit geschlossenen Augen direkt zum Parkplatz neben dem Haus des Ex-Liebhabers, und sofort sinkt sein Kopf wieder aufs Steuer, und er schläft wieder ein. Erst als ich aus dem Wagen steige, frag ich mich, woher er wusste, wo der Ex-Liebhaber wohnt. Er hat nicht nach der Adresse gefragt, nicht, ob rechts oder links. Ohne Zögern ist er gefahren, als wäre er mindestens schon hundertmal dort gewesen. Er parkte sogar auf dem weiß markierten Platz, auf dem mit riesigen Buchstaben »Nur für Hausbewohner« stand.

Die Frau des Ex-Liebhabers öffnete mir die Tür, noch bevor ich klingelte. »Woher wissen Sie, dass ich hier bin?«, wunderte ich mich.

»Der Geliebte hat angerufen und gesagt, Sie seien schon unterwegs«, erklärte sie, »kommen Sie rein.«

»Woher kennen Sie den Geliebten?«, frage ich erschrocken, während ich mich vorsichtig umschaue. »Ich wusste nicht, dass Sie den Geliebten kennen!«

»Ich habe nicht gesagt, dass ich ihn gut kenne«, beruhigt sie mich, »ich kenne ihn ungefähr so, wie Ihre Mutter Sie kennt. Kennt Ihre Mutter Sie gut?«

Ich mache ihr ein Kompliment: »Eine ausgezeichnete Frage. Meine Mutter vergisst immer meinen Namen. Manchmal nennt sie mich Varda und manchmal Galia. Einmal hab ich sie auf der Straße getroffen, da sagte sie: ›Verzeihen Sie die Frage, aber woher kennen wir uns?‹«

Unser nettes Gespräch könnte ich stundenlang weiterführen, doch dann fällt mir ein, mit ihr kann ich mich auch nach dem Tod des Ex-Liebhabers noch unterhalten, und der liegt jetzt vermutlich in den letzten Zügen. Für einen Augenblick fürchte ich, dass ich bereits zu spät komme. Um nicht so plump zu fragen, taste ich mich vorsichtig heran: »Sagen Sie, wenn ich Ihnen ein Formular gäbe, was würden Sie da unter Familienstand eintragen? Verheiratet oder verwitwet?«

Sie bricht in ein Lachen aus, das ihren Mäusekörper schüttelt: »Ich bin noch verheiratet«, stößt sie hervor, »aber mein Mann ist gerade etwas beschäftigt.«

»Beschäftigt? Schreibt er sein Testament oder etwas in der Art?«

»Er ist nun wirklich nicht der Typ, der ein Testament schreiben würde. Das ganze Erbe geht an mich und unseren Sohn. Da braucht man kein Testament. Jetzt sagen Sie mir bitte nicht, Sie hätten gehofft, etwas abzukriegen.«

»Ich hab schon genug von ihm abgekriegt.« Ich nehme kurz die Mütze vom Kopf, damit sie versteht, wovon ich rede. »Aber ich wusste nicht, dass Sie beide einen Sohn haben. Ich dachte, Sie seien kinderlos, so wie ein vertrockneter Baum.«

»Warum bleiben Sie bei der Tür stehen?« Plötzlich gewinnt sie ihre Fassung zurück. »Kommen Sie, warten Sie hier mit mir, bis er fertig ist. Er wollte noch ein letztes Mal vor seinem Tod ficken, deshalb hab ich ihm seine Konkubine hergeholt. Ich habe den Eindruck, sie sind bald so weit.«

»Die französische Konkubine? Ich dachte, die liegt schon tief unter der Erde.«

»Dann ist es vielleicht ihre Tochter«, sie zuckt mit den Schultern, »oder ihre Mutter. Ich schau da nicht so genau hin. Ich hoffe, es verletzt Sie nicht, dass er nicht Sie eingeladen hat.«

»Das betrifft mich schon nicht mehr«, erkläre ich eilig, »ich hab sowieso eine Operation hinter mir und für die nächsten zwanzig Jahre Kontaktverbot.«

»So schlimm?«, fragt sie sichtlich schockiert. »Was machen Sie denn dann jetzt?«

»Im Bett liegen und meine Memoiren schreiben. Was

kann man sonst noch tun?« Das Gespräch ermüdet mich. Ich schaue nervös auf die geschlossene Schlafzimmertür. Nach meiner Erfahrung kann das noch Stunden dauern.

Sie versteht meinen Blick. »Die sind nicht dort. Die sind hier, im Wohnzimmer. Setzen Sie sich doch. Möchten Sie etwas trinken?«

Ich setzte mich mit einem Glas Mineralwasser in der Hand auf einen breiten geblümten Sessel, gegenüber dem Ex-Liebhaber und der französischen Konkubine. Ihre Schweinereien flüstern sie auf Französisch, deshalb versteh ich nicht viel. Und was ich sehe, regt mich nicht auf. Berührt mich nicht. Rein raus rein raus, was ist dabei. Ich hab mich immer gefragt, warum die Leute darum so ein Tamtam machen.

Angenommen, ich würde meinen Finger in ein Glas Mineralwasser stecken, rein raus rein raus, würde sich irgendwer darüber echauffieren? Allenfalls das Mädchen. Sie hat gerne mit Wasser gespielt, alles Flüssige hat sie begeistert. Sie warf auch gerne Sachen aus dem Bett, damit ich sie wieder aufhebe. Jede Tätigkeit, die sich wiederholte, faszinierte sie. Runterwerfen aufheben. Schmutzig machen sauber machen. Auf- und zumachen. Wenn sie bei mir wäre, würde sie sich vielleicht dafür begeistern. Ich aber stoße einen Seufzer aus und gieße das Glas Mineralwasser über den faltigen Arsch des Ex-Liebhabers.

»Bist du verrückt?« Er springt auf. »Davon kann ich mir eine Lungenentzündung holen. Das wäre mein Ende!« Langsam kommt der Schwanz raus, aber ich habe den Eindruck, dass der Löwenanteil, wie man so sagt, noch drin ist. Hypnotisiert beobachte ich, wie er ihn rausholt und rausholt, und noch immer steckt der Löwenanteil drin. Als die Frau unter ihm laut stöhnt, steh ich auf.

»Tut mir leid«, sage ich geradezu förmlich, »es handelt sich wohl um ein kleines Missverständnis. In meiner Naivität dachte ich, deine letzte Stunde habe geschlagen; aber wenn du dich noch vor Lungenentzündungen fürchtest, lieg ich wohl falsch. Ich liege ja meistens falsch, deshalb überrascht es mich nicht. Du jedenfalls interessierst mich schon lang nicht mehr, und wenn du mich zu deinen Lebzeiten nicht interessiert hast, dann interessierst du mich bestimmt nicht, wenn du tot bist. Letztlich sterben alle gleich, nur leben tun sie ein bisschen verschieden. Ich gebe zu, ich habe noch ein gewisses Sentiment für ein spezifisches Glied von dir, und dem wollte ich zum Abschied einen kleinen Kuss geben, aber das eilt nicht, wenn es mit deinem Tod nicht eilt.«

Jetzt zieht er ihn ganz aus ihr raus, und ich sehe, so etwas würde ich nie im Leben in den Mund nehmen, sogar ich nicht, und ich hab schon verdammt viel Scheiße gefressen. Wie aus einem abgehackten Stamm stehen Auswüchse von ihm ab, und jeder bewegt sich in eine andere Richtung.

»Bitte sehr«, sagt er herrisch, »nichts gegen einen kleinen Kuss von dir, aber unter einer Bedingung – den Geruch von ihr wasch ich mir jetzt nicht ab. Mir ist es wichtig, mit ihrem Geruch zu sterben.«

»Du besitzt die Frechheit, mir noch Bedingungen zu stellen«, schimpfe ich, »nie im Leben werd ich etwas so

Ekelhaftes auch nur berühren. Chapeau, Gott, der es so eingerichtet hat, dass es dich gerade an dieser Stelle erwischt. Um die Wahrheit zu sagen, ich bin nicht gekommen, mich von dir zu verabschieden. Ich wollte ein bisschen an deiner Leiche tanzen, aber ich bin wohl zu früh gekommen, und jetzt kann ich nicht länger warten. Vielleicht kann man es ja so zusammenfassen: Ich war doch deine heilige Kuh, und du hast mich geschlachtet.«

»Meine heilige Kuh? Übertreibst du's da nicht ein bisschen?«

»Ich übertreibe immer. Mit der Liebe zu dir hab ich es übertrieben, und ich übertreibe es mit dem Hass auf dich, mit dem Verlangen nach dir und dem Ekel vor dir, und jetzt übertreib ich es mit dieser Erwartung, dass du endlich stirbst. Bis ich es nicht mit eigenen Augen sehe, werd ich es nicht glauben.«

Er schaut auf die Uhr. »Nur noch eine viertel Stunde, Ehrenwort. Diesmal enttäusch ich dich nicht.«

»Danke für das freundliche Angebot, ich geh jetzt lieber nach Hause«, verkünde ich entschieden. »Das Einzige, was mich in diesem Leben noch begeistert, ist die Ungewissheit. Wozu brauch ich die Gewissheit, dass du tot bist? Ich zieh es lieber noch ein paar Tage hin, warte auf den Anruf, überlege mir, ob ich anrufen soll, suche am Himmel nach Zeichen, frage Leute, lese Zeitung, das sind immerhin Beschäftigungen für eine ganze Woche.

Sie müssen es mir nicht mitteilen«, sage ich zu seiner Frau, »sollte ich es nicht mehr aushalten, ruf ich Sie an.«

Ihr Gesichtsausdruck bekommt etwas Mütterliches.

»Kommen Sie, ich bringe Sie zur Tür, Galia«, sagt sie, aber ich bin draußen, noch bevor sie aufsteht.

Am nächsten Morgen lag ich mit geschlossenen Augen im Bett. Ich hatte das Telefon aufs Kopfkissen neben mir gestellt und wartete. Ich habe den Grundsatz: Bevor das Telefon nicht klingelt, gibt es keinen Grund, morgens die Augen aufzumachen. Manchmal liege ich bis zum Abend so da, manchmal bis zum nächsten Morgen. Ich habe nicht die Kraft, die Augen aufzumachen, wenn es niemanden auf der Welt gibt, der bereit ist, diese kleine Anstrengung zu unternehmen und mich anzurufen. Mein Mann hat sich immer über mich lustig gemacht: »Wenn dich niemand anruft, bist du nicht sicher, ob es dich wirklich gibt.«

Diesmal hatte ich Glück. Das Telefon klingelte früh, verdächtig früh, denn unten auf der Straße hörte ich das Gekreische von Kindern und das Drängen von Müttern. Ich wusste also, alle waren eilig unterwegs zum Kindergarten. Wer braucht mich morgens früh um acht? Ich staunte: Wem fehle ich schon so früh am Morgen?

Es war meine Mutter. »Galia«, fragt sie.

»Varda«, korrigiere ich sie kühl.

»Nicht wichtig«, sagt sie eilig. Seit wann unterscheidet sie, was wichtig ist und was nicht? Sie, die mich stundenlang mit einem Meer von Einzelheiten aufhalten kann. »Frag nicht, was Papa passiert ist«, fährt sie eilig fort. An ihrer Stimme höre ich, diesmal ist es ernst.

»Was ist passiert?«, rufe ich jauchzend. Hauptsache, irgendwas passiert.

»Genug, Galia. Lach nicht, etwas Schreckliches ist passiert. Du musst kommen und es dir anschauen, ich kann das nicht am Telefon erzählen.«

»Mama, bist du verrückt?«, sage ich erschrocken. »Hast du vergessen, dass ich nicht mehr laufen kann?«

»Genug mit deinen Einbildungen! Sei nicht so verwöhnt und nimm den Bus. Komm, wie du bist, im Kittel und so. Ich bin mir sicher, du schaffst das.«

So, wie ich war, im Kittel und so, erreichte ich die Bushaltestelle. Dafür musste ich insgesamt fünfzehn Stufen runtergehen und eine Straße überqueren. Das Problem ist, dass ich mich jedes Mal, wenn ich mit dem Bus fahre, nach dem Mädchen sehne. Ich habe den Eindruck, ich bin schon mehrere Monate, seit sie verschwunden ist, nicht mehr Bus gefahren, So kam ich nicht dazu, mich nach ihr zu sehnen. Jetzt, wo ich am Fenster sitze, mir gegenüber eine leere Bank, erinnere ich mich daran, wie sie mir gegenübersaß, immer in einem geblümten Kleid, das mein Mann ihr morgens angezogen hatte, immer mit einer bunten Klammer in ihren Locken.

Einmal in der Woche holte ich sie selbst vom Kindergarten ab, dann nahmen wir den Bus und saßen uns gegenüber. Immer haben die anderen Fahrgäste uns beachtet. Mich mit meinem knielangen Haar und sie mit ihrem lauteren Gesicht. Alle möglichen Großväter hoben die

Einkaufstaschen von den Knien, damit sie sich ihnen auf den Schoß setzte, aber sie weigerte sich immer. Nur mir gegenübersitzen wollte sie. Mich anschauen und lächeln.

Sie schaute zu viel auf mich, das war ihr Problem. Alles, was ich machte, wollte sie auch tun. Alles, was ich anzog, wollte sie auch anziehen. Alles, was ich sagte, wiederholte sie wie ein Papagei. Nie hab ich sie so geliebt wie bei diesen Busfahrten. Wenn sie mir gegenübersaß, war sie das Mädchen einer anderen Mutter, das mir nur zufällig gegenübersaß. Sie war ein Paket, das eine andere Mutter auspacken würde. Eine Wunde, die eine andere Mutter verbinden würde.

Als der Bus dann ohne mich weiterfährt und ich an sie denke, werde ich wieder schwer und habe Angst, dass meine Beine mich nicht tragen. Aber zwei fremde Menschen schieben mich von hinten, zwei ziehen mich von vorn, und ich schaffe es und erreiche das Haus meiner Eltern.

An der Wohnungstür sagt sie: »Frag nicht, was Papa passiert ist.«

»Das sagtest du bereits«, schimpfe ich, »nicht deshalb bin ich gekommen, und dazu noch im Bus, der mich, du weißt ja, an wen, erinnert.«

»Genug, Galia«, sagt sie, und da begreife ich, dass sie meine Namen wohl danach aussucht, wie das Wort davor beginnt. »Genug« bringt sie auf Galia, »warum« auf Varda. Wenn sie einmal »warum« fragen würde, würde sie mich Varda nennen. Was muss ich tun, damit sie einmal »warum« sagt?

»Erinnerst du dich an die alte Kuckucksuhr in Papas Zimmer?«, fragt sie mit strenger Stimme und setzt mich in die Küche. »Gestern Abend ist die Kuckucksuhr kaputtgegangen, und da ist dein Vater selbst zur Kuckucksuhr geworden.«

Nun bin ich wirklich schockiert. »Was heißt das?«

»Jede Stunde, genau zu jeder vollen Stunde, öffnet er die Tür seines Zimmers, streckt den Kopf raus, schreit ein paarmal etwas und klappt die Tür wieder zu. Ich weiß nicht, was ich tun soll.« Sie seufzt. »Ich wollte einen Arzt rufen, aber ich weiß noch nicht mal, was für einen.«

»Vielleicht besser den Uhrmacher«, lache ich, aber dann ist die Heiterkeit auch schon vorbei. Genau als die Uhr neun zeigt, erscheint der graue Kopf meines Vaters in der Tür seines Arbeitszimmers, und er ruft neunmal nacheinander: »Alle werden sterben«, und schließt die Tür.

»Und was wird um zehn sein?«, frag ich meine Mutter.

»Um zehn Uhr wird er es zehnmal sagen, verstehst du nicht? Er ist der Kuckuck aus der Uhr. Was sollen wir tun?«

»Was wir tun sollen?« Ich betone das »wir«. »Seit wann sind eure Probleme meine Probleme? Seit wann sind meine Probleme eure Probleme? Jeder hat sein Päckchen zu tragen. Wär ich nicht einfach neugierig gewesen, hätt ich keinen Grund gehabt, jetzt zu euch zu kommen. Wo wart ihr denn, als man mir das Mädchen weggenommen hat? Wo wart ihr, als mein Mann mit meiner Gebärmutter das Haus verließ? Wo wart ihr, als ich klein war? Ich wollte doch nicht mehr als ein Rührei und einen Salat, wie alle andern auch.

Aber«, mache ich weiter, »wenn ich es mir genauer überlege, gibt es keinen Grund zur Aufregung. Papa macht diese Show nur wegen dem Prozess. Bestimmt haben seine Anwälte ihm geraten, den Unzurechnungsfähigen zu mimen.«

»Was für ein Prozess?«, fragt sie etwas verspannt. »Ich weiß von keinem Prozess.«

»Du willst mir erzählen, er hat dir nicht gesagt, dass ich ihn verklagt habe?«

»Verklagt? Weswegen?« Sie versteht es nicht.

»Wegen allem, Mama«, sage ich mit sanfter Stimme, »ich verklage ihn wegen allem.«

Jetzt, ich bin mir sicher, wird sie mich schlagen oder sofort anfangen zu weinen. Die erste Möglichkeit erscheint mir wahrscheinlicher, und ich ermutige sie: »Alles, bloß jetzt nicht weinen.« Sie beginnt, mich zu kneifen, traktiert mich dann mit den Fäusten. Ich ziehe den Kittel fester um mich und beuge mich etwas vor. Gleich ist es vorbei, und sie wird sich schrecklich fühlen. Und ich werd mich wunderbar fühlen, das ist die Hauptsache. Zum Schluss, als sie sich wieder auf den Stuhl setzt und anfängt, sich schrecklich zu fühlen, fragt sie leise: »Also, Aja, hast du denn gar nichts von ihm bekommen, gar nichts gelernt?«

»Ich habe von ihm gelernt, dass es immer besser ist,

wenn im Kühlschrank noch ein zweiter Beutel Milch liegt«, sage ich, »und dass das Schlimmste passieren wird. Mehr fällt mir nicht ein.«

»Und was ist mit den vielen Liedern, die er dir gesungen hat, mit den Tänzen, die er für dich getanzt hat?« Sie fängt trotzdem an zu schluchzen. »Und was mit den Antworten, die er immer auf alle deine Fragen bereithatte? Auf jede Frage eine Antwort.«

»Aber ich hatte keine Fragen, Mama, mich hat nichts interessiert. Ich hab mir die Ohren zugestopft, um nicht zu hören, und die Augen zugemacht, um nicht zu sehen. Was er wirklich für mich hätte tun können, wäre schweigen gewesen, und grade das hat er nicht getan. Deshalb hab ich beschlossen, ihn zu verklagen.«

»Und ich, was wird aus mir?«, schluchzt sie. »Jetzt sitz ich hier mit einem Kuckuck fest.«

»Warum lässt du dich nicht scheiden? Hör auf mich, das ist ein Kinderspiel. Dein ganzes Leben wird sich verändern.«

»Zum Guten oder zum Schlechten?« Sie zögert.

»Jede Veränderung ist zum Schlechten!«, predige ich ihr. »Aber das spielt keine Rolle, Hauptsache, es passiert irgendwas. Schau mich an. Früher hatte ich ein Mädchen. Jetzt hab ich kein Mädchen mehr.«

Immer wenn ich sie vom Kindergarten abholen kam, sagte das Mädchen: »Ich habe eine Frau gesehen mit Haaren wie du, mit Hosen wie du, mit einem Mantel wie du, mit Schuhen wie du, mit Strümpfen wie du, und ich dachte, das bist du, aber es war eine andere Mutter.« Sofort kaufte ich ihr ein Eis oder Schokoküsse, je nach Jahreszeit. Manchmal sagte ich auch: »Weißt du was, hau mich.« Dann schlug sie mich. Nicht zu glauben, wie viel Kraft sie hatte. Im Nu war ich übersät mit blauen Flecken. Oft bis zur Unkenntlichkeit.

Eines Tages, als wir gerade vom Kindergarten zurückgekommen waren, klopfte ein zehnjähriges Mädchen bei uns an die Tür. Sie sagte: »Ich bin die große Schwester von Virus.«

Ich fragte: »Und wer ist Virus?«

»Ihre Tochter heißt Virus. Wussten Sie das nicht?«

»Da gibt es anscheinend noch ein paar Dinge, die ich nicht wusste«, sagte ich, »ich wusste zum Beispiel nicht, dass meine Tochter eine große Schwester hat.«

»Das ist nicht schwer zu beweisen«, sagte sie, »aber ich möchte erst mal mit meiner kleinen Schwester auf den Spielplatz gehen, bevor es dunkel wird. Ich lasse sie auf dem Piratenschiff segeln und mit dem Flugzeug fliegen. Sie werden ihr Lachen bis nach Hause hören.«

Trotzdem ging ich mit runter, setzte mich auf eine Bank und ließ sie nicht aus den Augen. Das Mädchen war leicht zu erkennen. Zwischen den roten Mietshäusern und den bunten Kindern war sie weiß wie eine Braut. Die ganze Straße drehte sich nach ihr um. An den staunenden Blicken der Leute konnte ich erkennen, dass mein Mädchen gerade dort vorbeiging. Hier und da sah ich ihr Tanzröckchen auch zwischen den Schaukeln flattern, auf der Rutschbahn rutschen. Lachen hörte ich sie nicht, aber sie weinte auch nicht, fiel nicht hin, rief mich nicht, winkte mir nicht. Sie hatte keinen Hunger, keinen Durst, sie wollte nicht Pipi machen und auch nicht Groß und nicht schlafen gehn, sie war einfach nicht mehr da. Als der Spielplatz sich von Kindern leerte und das Rot der Mietshäuser verblasste, verstand ich, dass mein Leben, verzeiht mir diesen hochtrabenden Ausdruck, dass mein Leben sich geleert hatte, wenn es überhaupt noch leerer werden konnte, als es schon war.

Was habe ich gehabt, fragte ich mich dort auf der Bank. Einen Ehemann mit schwarzen Augen. Einen Geliebten mit grünen Augen, ein Mädchen mit violetten Augen. All diese Farben zusammen ergaben eine unzumutbare Mischung. Wenn das Mädchen zum Beispiel zu lange den Geliebten anschaute, bekam es plötzlich ein rotes Auge. Ich selbst lief nach einem ganzen Schabbat mit dem Ehemann schwarz an. Natürlich konnte es so nicht weitergehen, aber dass es so drastisch werden würde, hatte ich nicht gedacht. Ich hatte schon von weniger drastischen Scheidungsverträgen gehört, bei denen sich der Mensch nicht wegen der Augenfarbe in drei Teile teilen muss.

Als es dunkel wurde, stand ich von der Bank auf. Das Licht war dunkelviolett, ich konnte nichts mehr sehen. Selbst wenn das Mädchen vor meiner Nase vorbeigegangen wäre, hätte ich es nicht erkannt. »Haben Sie vielleicht ein zehnjähriges Mädchen mit einem kleinen Mädchen im Tanzröckchen gesehen?« An ihren aufgerissenen Mündern verstand ich, dass die Leute dabei gewesen waren, aber ihren Augen nicht getraut hatten.

»Wir dachten, das ist ein Traum«, murmelten sie, »wir haben ein zehnjähriges Mädchen gesehen, das ein kleines Mädchen hinter sich herzog, umgeben von lauter Soldaten.«

»Ich dachte, die drehen einen Film«, sagte eine Frau, die ein Baby stillte. »Ich hätte sie aufgehalten, aber ich wollte die Aufnahmen nicht stören. Sie haben sich das Mädchen auf die Schultern gesetzt, und ich dachte, das ist eine riesige Puppe.«

Als ich nach Hause kam, ging ich sofort ins Zimmer des Mädchens. Der Luftbefeuchter lief noch, weil sie die ganze Zeit gehustet hatte, und das Zimmer war feucht und heiß. Hatte ich sie wirklich Virus genannt? Ich wunderte mich, wie ich ihr so einen Namen hatte geben können! Anscheinend war ich so verliebt in den Geburtshelfer gewesen, dass ich nichts mehr mitbekommen hatte. Sofort rief ich im Büro meines Mannes an. »Hör mal«, schimpfte ich, »wie konnten wir unserem Mädchen nur den Namen Virus geben?«

»Bist du verrückt geworden?«, bellte er mich an. »Sie heißt Venus!«

»Venus? Venus, wie die Göttin? Wie kommst du denn darauf?«

»Du hast auf diesem Namen bestanden«, wies er mich

zurecht, »du hast gesagt, mit diesem Namen kann ihr nichts passieren.«

»Was hab ich da bloß im Kopf gehabt?«, wunderte ich mich. »Wie konnte ich nur einen solchen Unsinn glauben?«

»Was soll das heißen? Ist ihr was passiert?« Er erschrak.

»Soldaten haben sie mitgenommen. Keine Ahnung, wohin.«

Ich hörte, wie mein Mann zusammenbrach. Als ich mir den Geliebten nahm, hatte er keine Geliebte. Dann war das Mädchen seine Geliebte. Sie haben in einem Bett geschlafen. Sie sind zusammen ins Kino gegangen, in Vorstellungen, auf Hochzeiten und Beerdigungen, ins Café und zur Apotheke. Man kannte sie in der Stadt als Paar, meinen Mann und das Mädchen. Wer wird mit ihm jetzt überall dort hingehen?

Trotz der feuchten Luft hustete ich. Hustend öffnete ich die Tür. Drei Kinder standen da, Kinder, die vorher auf dem Spielplatz gespielt hatten, mit dem Piratenschiff gesegelt und mit dem Flugzeug geflogen waren. Sie waren von Kopf bis Fuß in glattes, glänzend schwarzes Haar gehüllt. »Wir sind Ihnen zufällig hinterhergelaufen«, sagten sie, »auf dem ganzen Weg sind Ihnen die Haare ausgefallen. Wir haben sie einzeln für Sie eingesammelt, vielleicht möchten Sie die als Andenken aufbewahren.«

Ich nahm einen großen Müllbeutel, da tat ich alle Haare rein. Meine Hand zitterte, als ich meinen kahlen Kopf betastete. Sofort nahm ich mir eine Strickmütze, die an der Bambusgarderobe hing, und zog sie über den Kopf.

Du wolltest eine Veränderung, sagte ich zu mir, als ich in den Spiegel schaute. Du hast sie bekommen. Du wolltest Freiheit, du hast sie bekommen. Alle Träume werden irgendwann wahr.

In ihrem Zimmer stand ein völlig neues Bett, in dem sie höchstens eine Nacht geschlafen hat, als mein Mann beim Reservedienst war. Ich holte alle ihre Kleider aus dem Schrank und warf sie auf das Bett. Wie ein Blumenfeld sah ihr Bett aus. Ich nahm Müllbeutel und steckte alles hinein, Kleider und Hosen, Brettspiele. Nachbarinnen kamen und sagten zu mir: »Werfen Sie das etwa weg? Man darf die Hoffnung nicht verlieren.« Ich sagte: »Wie kann man etwas verlieren, was man nie besessen hat?«

Im Grunde hatte ich schon einige Monate vorher gewusst, dass irgendwas nicht stimmte. Im Viertel schauten mich die Leute so seltsam an. Abends, wenn alle Nachbarinnen Kartoffeln schälten und Rotkohl in die Moulinette steckten, zog ich mir meine engen Tigerhosen an und eine Bluse aus schwarzem Samt und verschwand. Aus unserem Haus drang nie der Geruch von gebratenen Zwiebeln. Bei uns war es immer eine Mischung aus dem Pipi, das das Mädchen nicht halten konnte, meinem mittelmäßigen Parfum, dem scharfen Männerschweiß des Geliebten und dem Aftershave meines Mannes, vermutlich ziemlich abstoßend, denn wenn Leute zu uns ins Haus kamen, dann blieben sie immer nur sehr kurz. Da war ich schon in keinem guten Zustand mehr. Wenn ich was tat, ging mir mittendrin die Kraft aus. Dann fand mein Mann das Geschirr eingeseift, aber nicht abgespült im Becken, das Mädchen geduscht, aber nicht abgetrocknet.

Wenn ich sie vom Kindergarten abholen musste, musste ich vorher beim Geliebten vorbeigehen. Anfangs versuchte er noch, mich zu küssen, mich auszuziehen, aber er lernte sehr schnell. Er zog mir die Hose und den Slip runter. Schob ihn mir im Stehen rein. Auch er durfte sich nicht ausziehen. An der Wand gegenüber hing eine große Uhr, auf die schaute ich, und nach fünf Minuten sagte ich: »Genug jetzt«, und der Geliebte lieferte seinen Samen ab und zog ihn raus. Nur dank dieses Akts hatte ich die Kraft, bis zum Kindergarten weiterzugehen. Das war kein Luxus, sondern eine Frage des seelischen Überlebens.

Einmal zum Beispiel war der Geliebte nicht in seinem Zimmer, als ich kam, und ich versuchte, ohne diesen Fick weiterzugehen, und wurde schließlich am Eingang des Kindergartens ohnmächtig. Seitdem hat er es nicht mehr gewagt, nicht da zu sein. Das Problem war, dass ich mich beim Abholen immer verspätete. Mit dem Blick auf die Uhr vertat ich mich um eine viertel Stunde, und wenn ich beim Kindergarten ankam, stand das Mädchen allein in dem Zimmer, in dem die Kindergartenhelferin den Boden wischte, drückte die Wange an die Wand und weinte. Und dann sagte sie: »Ich habe eine Frau gesehen mit Haaren wie du, mit Hosen wie du, mit einem Pulli wie du, mit Schuhen wie du, mit Strümpfen wie du, aber das warst nicht du.«

Einmal sagte die Kindergartenhelferin zu mir: »Jetzt haben Sie's aber übertrieben. Haben Sie doch etwas Erbarmen mit dem Mädchen!«

Ich sagte ihr: »Verstehen Sie nicht, es geht hier ums Überleben! Ich schaffe es nicht bis zum Kindergarten, wenn ich nicht vorher den Geliebten ficke.«

Sie sagte: »Dann beginnen Sie Ihren Fick eben um acht Uhr früh, dann kommen Sie rechtzeitig für das Mädchen!«

Ich sagte zu ihr: »Das hätte mir gerade noch gefehlt, es geht nicht um einen Akt von Stunden. Ich kann das nur in Eile. Wenn ich nicht schnell mach, kann ich nicht.«

»Dann beginnen Sie eben um zwölf. Hauptsache, Sie sind um eins beim Kindergarten.«

»Aber wenn ich um zwölf zu ihm geh, wird er mich womöglich küssen wollen und wer weiß was noch.«

»Dann fangen Sie einfach eine viertel Stunde früher an«, sagte sie, schon verzweifelt, »so kommen Sie zu Ihrem Quickie und sind trotzdem noch rechtzeitig hier.«

»Sie haben völlig recht, merkwürdig, dass ich da nicht selbst darauf gekommen bin«, sagte ich traurig, »und jetzt ist es leider schon zu spät.«

Nach der Operation hatte der Heiler gesagt: »Jetzt sind Sie sauber. Aber Sie müssen aufpassen. Da man nicht weiß, welcher der Männer, die Sie hatten, Sie angesteckt hat, kann ich Ihnen nur einen Rat geben: Ab jetzt dürfen Sie nur noch mit Männern verkehren, mit denen Sie bisher noch keinen Sex hatten.«

»Warum denn das?«

»Wir wissen nur eines«, sagte er, »einer Ihrer Männer hat Sie angesteckt. Man kann nicht sagen, wer, und deshalb gelten sie für Sie alle als infiziert.«

»Einschließlich meines Mannes?«, fragte ich erfreut.

»Einschließlich Ihres Mannes«, bestätigte er.

»Einschließlich des Geliebten?«, fragte ich entsetzt.

»Einschließlich des Geliebten«, verkündete er. »In Fragen von Leben und Tod gelten keine Sentimentalitäten. Wenn er es ist, der Sie angesteckt hat, kommt die Krankheit binnen sieben Tagen nach Ihrem Verkehr mit ihm zurück.«

Auf diese Weise hatte sich das Problem meiner Verspätungen im Kindergarten gelöst, das kann man so sagen, aber es war eine totale Lösung: Ich kam nicht mehr zu spät, weil ich überhaupt nicht mehr kam. Die Kindergartenhelferin hab ich seitdem nie mehr gesehen.

Ich blieb im Bett. Mein Tagesablauf war deprimierend. Ich sagte zu meinem Mann: »Ich möchte dich sehen mit einem so deprimierenden Tagesablauf.« Während er das Mädchen zum Kindergarten fuhr, kam der Geliebte zu mir. Morgens war er wie frisch gebacken, sein Haar war vom Duschen noch glatt. Er brachte Erdbeeren mit. Ich glaube, zu diesem Zeitpunkt hätten wir noch was retten können. Der Geliebte pflegte zu sagen: »Dann ficken wir eben nicht. Ich will dich bloß nackt ansehen und deine Haut riechen«, aber ich habe mich immer geweigert. Ficken hab ich gemocht, aber Sex hab ich gehasst, und Ficken war alles, was wir hatten. Hundertmal hab ich versucht, ihm das zu erklären, und er hat es nicht kapiert, und wenn Ihr den Unterschied nicht kapiert, kann ich Euch auch nicht helfen. Ich versteh ihn auch nur manchmal.

Man kann sagen, dass ich keine andere Wahl hatte. Der Heiler zum Beispiel dachte, dass ich keine andere Wahl hatte. Sogar der Geliebte stimmte dem zu, dass ich keine andere Wahl hatte. Aber ich wusste die ganze Zeit: Ich hatte die Wahl. Im Gegensatz zu den Ärzten wusste ich nämlich, wer mich angesteckt hatte. Es war nicht der Ehemann und nicht der Geliebte. Es war auch nicht der Ex-Liebhaber. Ich erinnere mich an einen Abend, da war ich zwölfeinhalb und hatte mich schon schlafen gelegt. Mein Vater und meine Mutter aßen zu Abend, und ich ging zu ihnen und bat um einen Bissen von dem Rührei, das so gut duftete, und ich erinnere mich, er hat mit seiner kalten Hand über mein Haar gestrichen, und ich wusste, er hat mich angesteckt.

Ich hatte die Wahl und habe sie trotzdem nicht genutzt. Ich hatte einen Geliebten und hab ihn trotzdem nicht genutzt. Ich lag nur im Bett und hab mich gekämmt. Manchmal war ich so müde, dass ich mit dem Kamm in der Hand einschlief. Ich war nicht bereit, meinen Vater noch einmal zu sehen. Ich wusste, wenn er meinen Kopf mit seiner kalten Hand berühren würde, und sei es nur für einen Augenblick, käme die Krankheit binnen sieben Tagen zurück.

Der Anwalt sagte mir: »Sie erzählen mir also, Sie wollen Ihren Vater verklagen, weil er einmal Ihr Haar gestreichelt hat?«

Ich antwortete ihm: »So ist es, und zwar gleich doppelt: erstens, weil er nur einmal mein Haar gestreichelt hat, und zweitens, weil er es überhaupt gewagt hat, mein Haar zu streicheln. Vergessen Sie nicht, ich war da noch minderjährig. Gerade mal zwölfeinhalb.«

Der Anwalt antwortete: »Etwas so Lächerliches habe ich noch nie gehört.«

»Wenn das wirklich so lächerlich ist, dann erklären Sie mir doch bitte, warum mein Vater eine ganze Batterie von Anwälten angeheuert hat?«

»Hat er seine Hand länger da liegen lassen als üblich?«, fragte der Anwalt.

»Nein, er hat sie weggezogen, als hätte er sich verbrannt.«

»Weswegen verklagen Sie ihn dann?« Er kapierte es nicht.

»Sie halten es nicht für ein Verbrechen, von einem zwölfeinhalbjährigen Mädchen so schnell die Hand wegzuziehen? So, als hätten Sie sich verbrannt?«

»Ich werde Sie nie verstehen«, seufzte der Anwalt.

»Es ist nicht nötig, dass Sie mich verstehen«, beruhige ich ihn, »keiner versteht mich. Das Problem beginnt erst, wenn Sie wollen, dass ich Sie verstehe. Ich warne Sie schon jetzt: Ich verstehe Männer nicht, und ich kann nicht lieben. Nicht, dass ich Frauen verstünde, aber die haben das auch nie von mir erwartet.«

»Und wenn er seine Hand da liegen gelassen und nicht weggezogen hätte«, fragt der Anwalt nach, »wäre das Ihrer Meinung nach adäquat gewesen?«

»Das hätte mir gerade noch gefehlt!«, sage ich erschrocken. »Vergessen Sie nicht, ich war da zwölfeinhalb.«

»Wenn das so ist, dann hätte er es also gar nicht richtig machen können!«, jubelt der Anwalt. »So oder so hätten Sie ihn verklagt.«

»Da haben Sie völlig recht«, sage ich, »aber warum freut Sie das so? Jetzt haben Sie's endlich kapiert, und schon muss ich Ihnen kündigen. Ich habe beschlossen, ich werde den Anwälten meines Vaters allein gegenüberstehen, so wie ich mein Leben lang allein dastand. Standen Sie damals, als ich zwölfeinhalb war, hinter mir? Warum sollten Sie dann jetzt hinter mir stehn?«

Ein paar Monate bevor das Mädchen verschwand, hatte ich schon gewusst, dass etwas Schreckliches sie erwartete. Genauer gesagt, ein paar Jahre davor, und im Grunde eigentlich schon seit ihrer Geburt. In der letzten Zeit hatte ich den Kindergarten in Verdacht. »Zu viele unterirdische Gänge führen zu diesem Kindergarten«, hatte ich immer wieder zu meinem Mann gesagt, »da laufen mir zu viele Leute rum. Ich bin mir sicher, ab und zu verschwindet in diesen Gängen unbemerkt ein Kind.«

Mein Mann hatte protestiert: »Das ist der beste Kindergarten in der Stadt. Minister und Abgeordnete schicken ihre Enkel dorthin. Nur für dich ist er nicht gut genug?«

»Die Erwägungen anderer Leute interessieren mich nicht«, pflegte ich zu sagen, »vor allem nicht von Leuten, die keinerlei Vorstellungskraft besitzen.«

»Und du hast zu viel Vorstellungskraft. Warum stellst du dir nicht mal etwas Gutes vor?«

»Etwas Gutes?«, staunte ich. »Was zum Beispiel?«

Ungefähr in dieser Zeit zogen wir um ins Depot. Ein riesiges Lagergebäude mit drei Stockwerken. Ich schlief im oberen Stock, mein Mann und das Mädchen in dem Stockwerk unter der Erde, und das ganze mittlere Stockwerk war leer und lag trennend zwischen uns. Nachts kam seine Mutter ihn besuchen, und wenn ich schlief, redeten sie über mich und darüber, dass man mir kein Wort glauben könne.

»Früher hatte das noch einen gewissen Charme«, sagte seine Mutter, »aber jetzt ist es einfach geschmacklos. Du hast eine Frau mit einem schlechten Geschmack.« Im Beisein des Mädchens streichelte sie seinen nackten Rücken und hetzte ihn auf, er solle sich scheiden lassen. Manchmal lagen sie und das Mädchen gemeinsam auf ihm. Das Mädchen auf seinen Beinen, die Mutter auf seinem Bauch, und alle kitzelten sich gegenseitig und stöhnten dabei.

Eines Morgens wachte ich auf und wusste, die Kindergartenhelferin war das Problem. Sie hatte einen starken Akzent und einen sonderbaren Blick, und an jenem Morgen verstand ich, sie ist eine Spionin. Ich lief schnell die Treppe runter, in das Stockwerk meines Mannes und des Mädchens und seiner Mutter, die auch dort übernachtete. Sie lagen alle drei da wie Löffelchen. Alle drei hatten genau dasselbe Gesicht, nur aufgrund ihrer Größe konnte man sie unterscheiden.

Ich weckte den Großen auf. »Das Mädchen geht nicht mehr in diesen Kindergarten«, blies ich ihm ins Ohr. »Warum denn nicht?«, fragte er erschrocken. »Das ist lebensgefährlich!«, warnte ich. »Es gibt ausreichend Grund zu der Annahme, dass die Kindergartenhelferin die Spionin eines feindlichen Landes ist.«

»Was für einen Grund zum Beispiel?«, fragte er interessiert.

»Du kannst dich auf mich verlassen.« Ich demonstrierte Selbstsicherheit. »Jetzt ist mir alles klar. Rund um diesen Kindergarten gibt es ein Stillschweigeabkommen. Siehst du nicht die Demonstrationen? Sie schweigen zwar, aber nur, weil die Eltern, deren Kinder verschwunden sind, nicht die Kraft haben zu schreien.«

Unglücklicherweise schlug auch die Mittlere die Augen auf. »Geisteskranke!«, schrie sie. »Betrügerin, Hure! Meinen Sohn hast du schon verrückt gemacht, und jetzt machst du mir auch noch die Enkelin verrückt! Das werde ich nicht zulassen!«

Gegen meinen Willen zogen sie das Mädchen an, flochten ihr Zöpfe, packten ihre Brotdose und brachten sie in den Kindergarten. Ich schaute ihnen vom Fenster in meinem Stockwerk aus nach, bis sie nicht mehr zu sehen waren. Dann ging ich ins Bett und musste kotzen. Den Großen, das wusste ich, würde ich noch wiedersehen, und auch die Mittlere würde noch ab und zu hier in meinem Haus rumlaufen, aber die Kleine würde ich nicht mehr wiedersehen.

Manchmal fragte ich mich, warum die, die ich am meisten liebe, immer in Lebensgefahr sind. Ich stand an dem oberen Fenster im Depot und sah sie langsam den steilen, kahlen Berg hinauffahren und schrie: »Haltet an, kehrt um, kommt zurück!«

Ein Glück, dass sie es nicht hörten, denn ich wusste, sie hatten gar keinen Platz zum Wenden, und Umkehren war gefährlicher als Hinauffahren, sie hatten keine andere Wahl, sie mussten weiterfahren. Aber warum musste ich mir das ansehen? An der Scheibe klebend, riss ich den Mund auf, sah, wie der winzige Wagen, den jeder Wind wegblasen konnte, die schmale Bergstraße hinauffuhr, und in ihm saß meine ganze Familie, alle, die im nächsten Moment untergehen würden und ohne die die Welt sich trotzdem weiterdrehen würde. Stimmt, ja, ich, der es früher gelang, die Zeit und die ganze Welt um den Finger zu wickeln, ich habe die neuen Fensterscheiben nicht zerschlagen. Stimmt, ja, ich habe nicht versucht, sie mit meiner Willenskraft dort runterzuholen. Das gebe ich zu, und noch weitaus Schlimmeres gebe ich zu. Aber im Prozess werde ich sagen: »Wie sollte ich ihr Ihrer Meinung nach jeden Morgen Zöpfe flechten, in dem Wissen, dass in dem Moment, wo ich die weiße Schleife binde, der Abschied beginnt?«

Manchmal fragte ich mich, was das Mädchen wusste. Einige Leute sagen, Kinder wüssten nichts, und andere sagen, Kinder wüssten alles. Mein Mädchen wusste manchmal alles und manchmal nichts. Einmal sagte sie: »Passt gut auf den Tempel auf.«

Wir fragten sie: »Welcher Tempel?«

Sie sagte: »Unser Haus ist der Tempel.«

Jeden Morgen pflegte sie ihre Glieder zu zählen, als ahnte sie, dass sie in Gefahr sind. Sie verkündete: Ich habe zwanzig Finger- und Zehennägel, zwei Augen, zehn Finger an den Händen und zehn Zehen an den Füßen, ich habe zwei Füße und zwei Hände und zwei Ohren. Ich habe ein Pipi und einen Po. Ich habe einen Bauch und zwei Nippelchen.

Manchmal kam sie beim Zählen durcheinander: »Achtzehn Fingernägel, ein Auge, ein Bein, ein Ohr.« Wenn ich hörte, dass sie durcheinanderkam, hielt ich mir sofort die Ohren zu und verkroch mich unter der Decke. Mein Mann korrigierte sie geduldig. Wer weiß, dass das Schlimmste passieren wird, verliert die Geduld. Ich konnte nicht länger warten. Ich machte eine Tabelle und klebte sie am Bett an die Wand, jeden Abend strich ich einen Tag aus. Am Tag, als sie sie gegen meinen Willen in den Kindergarten brachten, hörte ich damit auf.

Manchmal fragte ich mich, was ihr Schicksal besiegelt hat. War es, dass sie nur das Gelbe vom Ei mochte und das Weiße hasste? Oder dass sie den Buchstaben »L«

nicht aussprechen konnte? Oder dass sie morgens weinte: »Warum hat der Morgen nicht auf mich gewartet?« Oder dass sie ihre dünnen Arme wie eine Kletterpflanze um mich schlang und mir die Sonne verstellte?

Kurz nachdem das Mädchen verschwunden war, wollte mein Mann sich scheiden lassen. »Wir haben doch noch gar nicht geheiratet«, sagte ich, »wie willst du dich da scheiden lassen?«

Er antwortete: »Gerade weil wir nicht geheiratet haben, müssen wir uns scheiden lassen.«

Ich sagte: »Und was wird aus dem Depot?«

Er sagte: »Das verkaufen wir, ich habe schon Käufer.«

»Erinnerst du dich an die Löcher, die du in die Wand gebohrt hast, um die große Bambusgarderobe aufzuhängen? Alle meine Mäntel hingen dort und die Winterschals und die Mützen. Du bist extra zu den Nachbarn gegangen, um eine Bohrmaschine zu leihen. Und ich hielt indessen unten das Mädchen in den Armen, damit es sich bei dem Lärm nicht erschrickt. Erinnerst du dich an diesen furchtbaren Lärm?«

»Ja«, sagt er, »und?«

»Das fragst du noch? Willst du sagen, dass wir diesen Lärm für nichts und wieder nichts ertragen haben? Erinnerst du dich nicht, wie ich danach die weißen Schränke geputzt habe? Wie ich auf den wackligen Stuhl gestiegen bin, um auch an die oberen Fächer ranzukommen? Unter mir fuhren Autos vorbei, und ich wusste, wenn ich vom

Stuhl falle, überfährt mich garantiert jemand, und trotzdem hab ich auch in den oberen Fächern Staub gewischt. Findest du nicht, dass ich da geopfert habe, was mir am teuersten war? Findest du nicht, dass mir dafür ein Mann fürs ganze Leben zusteht? Du musst wissen, wenn ich schon mal ein Kleidungsstück zusammenfalte und in den sauberen weißen Schrank lege, dann hole ich es da nie mehr heraus, es sei denn, ich habe einen wirklich guten Grund. Und auch dann wäre es noch mit Höllenqualen verbunden.«

»Ich denke, du hast einen guten Grund«, sagt mein Mann, »du hast einen Geliebten, der sich freuen wird, dass du alle deine Kleider in seinen Schrank hängst.«

»Hab doch ein bisschen Mitleid mit den Kleidern! Du glaubst ja wohl nicht wirklich, dass es so leicht ist, eine Bluse von einem Ort an einen andern zu bringen? Ganz zu schweigen von Slips und BHs, Pyjamas, Jeans, Tigerhosen und Lederhosen. Wo lebst du denn?«

»Siehst du nicht, dass ich eben nicht lebe?«, schimpft er. »Meine Seite im Schrank ist fast leer; ich hab die meisten Sachen überhaupt noch nicht aus den Kartons geholt. Ich hab noch nicht mal gelernt, wie die Dusche hier funktioniert. Merkst du nicht, dass ich die ganze Zeit warte?«

»Worauf denn?«, will ich wissen. Ich habe mich wirklich gewundert, warum bei ihm noch alles eingepackt ist und dass er sein Rasierzeug ins Necessaire zurücklegt zu der Seifendose und dem Taschenspiegel, so, als wäre er beim Reservedienst.

»Auf dich«, sagt er, »vielleicht hast du es nicht gemerkt,

aber ich habe sieben Jahre und sieben Monate auf dich gewartet, und jetzt warte ich darauf, dass du gehst.«

Nervös gehe ich in unserem Depot die Treppen hoch und runter, mit einem Bleistift hinterm Ohr und einem Zettel in der Hand. »Achtundzwanzig Löcher«, berichte ich ihm am Ende. »Vier Löcher hast du gebohrt, um die Garderobe für die Mäntel aufzuhängen, vier für die Küchenhandtücher, zehn für die Bretter meines Bücherregals und zehn für deine. Das sind achtundzwanzig Gründe, dich nicht scheiden zu lassen. Glaub mir, ich kenn keine besseren.«

»Wo immer du hingehst, werde ich die Löcher für dich bohren«, verspricht er. »Von jedem deiner Nachbarn werde ich eine Bohrmaschine borgen. In jeder Wohnung, in die du ziehst, wirst du eine Garderobe für Mäntel und Aufhängestangen für Handtücher und Bücherregalbretter haben. Was willst du noch?«

»Ich möchte abends Rührei und Salat essen«, sage ich, »und dass aus meiner Küche der Geruch gebratener Zwiebeln strömt. Ich möchte, dass, wer draußen vorbeigeht, denkt, hier wohnen Vater und Mutter und Tochter. Ich möchte die ganze Zeit in der Wir-Form reden und keinen Moment ohne euch sein. Ich möchte nachts mit euch zusammen im Bett schlafen und zu euch ins Klo kommen dürfen. Ich möchte mit ihr von acht bis eins im Kindergarten sein und danach, von eins bis fünf, mit dir im Büro. Danach fahren wir in den Supermarkt und von dort schnell nach Hause, um Rührei mit Salat zu essen. Ich möchte, dass wir am Freitag Kerzen anzünden und ›*Scha-*

lom alejchem, malachej haschalom‹ singen. Ich will schwanger sein und Zwillinge bekommen. Die möchte ich halten, einen links, einen rechts, und einen an der linken Brust und den andern an der rechten Brust stillen. Ich möchte, dass das Mädchen auf meinem Schoß sitzt und ihre kleinen Brüder zwickt und dass du uns so fotografierst und das Bild an deine Mutter schickst. Ist das zu viel verlangt?«

Mein Mann schaut mich ungläubig an. »Du hast recht«, sagt er.

»Siehst du nicht, dass ich weine?«

»Aber du machst dich über mich lustig«, beharrt er, »genau das wollte ich sieben Jahre und sieben Monate von dir, und du hast mich verhöhnt und mich überfahren, hast mich erniedrigt. Und jetzt willst du die ganze Zeit mit uns zusammen sein? Nicht mal eine Stunde am Tag hältst du das aus! Du willst Zwillinge? Jahre wünschte ich mir noch ein Kind, und du bist dagegen. Wie kann es denn sein, dass du plötzlich all das tun kannst, was ich brauche?«

»Du hast mich gefragt, was ich will«, erinnere ich ihn, »du hast nicht gefragt, was ich kann.«

An einem Samstag, an dem ich beschloss, aufzustehen und ihr hinterherzufahren – es war einer der absolut gelben Tage im Jahr –, schaute ich im Wagen des Geliebten aus dem Fenster und wusste, dass sie vor mir hier entlanggefahren war. Dass sie diesen Berg vor mir sah, die

Augen wegen des gleißenden Lichts geschlossen, und nicht fragte, wie er heißt, weil sie nichts fragte. Dass ihre Haut, die dünn war wie Papier, an den Rändern versengt wurde. Dass sie auf einen Schlag erwachsen wurde. Dass ihr dieses Licht so wehgetan hat, dass sie den Mund aufmachte und mich rief.

Aber als sie mich rief, war ich bereits an dem denkbar entferntesten Ort, den Ihr Euch vorstellen könnt. Wie hätte ich sie da hören können? Ich schaute gerade auf meine Arme und sah sie zu trockenen Blättern werden. Ich schaute auf meinen Körper und sah ihn lang und hart werden wie eine Distel.

Das könnt Ihr mir nicht vorwerfen, und wenn Ihr es versuchen würdet – es bringt nichts, denn eine Distel bleibt für immer Distel. Ich hatte vielleicht einen Tag Zeit zu blühen und einen Tag zu trocknen, und mir hat das schon gereicht.

Mir blieb nichts andres übrig, als jemanden zu beseitigen, aber trotz meiner enormen Vorstellungsgabe befürchtete ich, dass das niemandem helfen würde. Dennoch habe ich ihn beseitigt, den Geliebten, ich atmete in Angst ein und aus, brachte ihn mit einem Schlag mitten auf der Fahrt um. So schwach war er. Danach blieb mir nichts mehr zu tun.

Ich rief meinen Ex-Mann an und sagte ihm: »Ich bin zur Distel geworden, werd du zum Gärtner.«

»Was soll das heißen?«, fragte er.

»Das heißt, du sollst mit der rosa Gießkanne des Mädchens kommen und mich gießen.«

Er sagte: »Das Mädchen hat dich gerufen, und du bist nicht gekommen.«

Ich sagte zu ihm: »Schwer zu sagen, was vorher war. Ob ich zuerst den Geliebten beseitigt habe und meine Arme dann zu trockenen Blättern wurden oder ob meine Arme erst zu trockenen Blättern wurden und ich ihn danach beseitigt habe. Aber du wirst verstehen, dass ich in dem Moment, als sie rief, unglücklicherweise gerade beschäftigt war.«

»Ich kann das vielleicht verstehen«, sagte er, »aber erklär das mal dem Mädchen.«

Ich sagte zu ihm: »Wie soll ich ihr das erklären, wo sie weg ist? Ich bin ihr hinterhergefahren, nicht, dass du denkst, ich wäre nicht gefahren, aber unterwegs ist mir dieses Missgeschick passiert, das war nicht zu verhindern gewesen.«

Mein Mann sagte: »Ich glaube, wer wegfährt, kommt auch wieder zurück.«

Ich sagte: »Ich glaube, wer wegfährt, kommt nicht mehr zurück.«

Nachdem wir uns höflichst verabschiedet hatten, wusste ich, ab jetzt würde ich niemanden mehr anrufen, nicht mehr lachen, nicht mehr flüstern. Ich wusste, ich war schon hart und spitzig; ich würde nie mehr liebbar sein.

Das erste Mal hatte ich ihn gesehen, als ich runterging, um den Müll wegzubringen. Ich war von der rechten, er von der linken Seite gekommen, jeder hielt seinen vollen

Beutel gut fest, und anscheinend war meiner voller, oder ich hielt ihn nicht so fest, denn in dem Moment, wo ich von rechts und er von links an den großen Müllcontainer traten, riss mein Beutel oder fiel hin, und der Abfall ergoss sich um mich herum, bedeckte meine zerschlissenen Hausschuhe, türmte sich fast bis zu meinen Knien auf. Und dann bückte er sich, mein zukünftiger Mann, der mich nie zuvor gesehen hatte, und hob meinen Müll auf, ein Stück nach dem andern, und warf ihn in den großen Container. Für jeden einzelnen Zigarettenstummel bückte er sich, für jeden Joghurtbecher, jede Ölflasche, und ich stand angewurzelt da, konnte mich vor Entsetzen nicht rühren, schon gar nicht bücken, und ich sah, nach und nach kamen auch meine zerschlissenen Hausschuhe zum Vorschein. Meine Zehen bewegten sich in ihnen. Das Einzige, was ich in dem Moment bedauerte, war, dass ich nicht andere Schuhe angezogen hatte. Zum Schluss, als kein Krümelchen Abfall mehr neben dem Container lag, bückte ich mich langsam, zog die zerschlissenen Hausschuhe aus und warf auch sie in den Müll. Ich wusste, ich würde keine Schuhe mehr brauchen. Dieser Mann würde mich mit mutigen Händen tragen, so wie seinen Müllbeutel, und ich würde niemals mehr laufen müssen.

Manchmal dachte ich darüber nach, was Leute in ihrem Leben so durchmachen müssen. Ich zum Beispiel habe eines Tages ein Huhn in den Ofen geschoben und dort einen Honigkuchen rausgeholt. Es war der glücklichste

Tag meines Lebens. Die Teppiche verströmten Honigduft. Die Wände schwitzten Honig. Wohin ich auch trat, rutschte ich auf Honig aus. Das Mädchen lag auf dem Boden und leckte, ich sagte ihr: »Iss nicht vom Boden, der ist dreckig«, aber sie hörte nicht auf mich, und zu Recht. Wen stört Dreck, wenn er am Honigschlecken ist? Als mein Mann von der Arbeit kam, staunte er. »Woher diese große Freude?«, fragte er mich. »Hast du für dich selbst andere Eltern, andere Großeltern gefunden?«

Jetzt frage ich euch, woher soll ein Waisenmädchen wie ich wissen, wie Familie funktioniert? Jeder von uns hat sich früher mal auf die Warteliste zur Adoption gesetzt. Jeder von uns hat sich nach mutigen Händen gesehnt. Das Depot war für uns beide nur eine Durchgangsstation, bis die Adoptiveltern kommen würden. Mit offenen Armen und einem aufrichtigen Lächeln würden sie sagen: »Um dieses Kind, genau um dieses Kind haben wir unser Leben lang gebetet.«

Wenn man es als Waisenhaus betrachtet, ist es gar nicht so übel gewesen. Stimmt, ja, manchmal standen mir abends vor Angst die Haare zu Berge, aber mittags war ich in der Regel ruhig. Nur der Übergang von einem Zimmer ins andere war mit Spannung geladen. Ich musste immer nach rechts und links schauen, so, als überquerte ich eine gefährliche Straße. Morgens aß ich Knäckebrot, mittags Weizenschrot. Meine Stimmung entsprach in etwa dem Zustand meines Telefons.

Manchmal riefen mich alle möglichen Leute an, fragten mich, wohin ich verschwunden sei. Einer sagte immer: »Vergiss nicht, du hast auch dir selbst gegenüber Verpflichtungen«, eine andere sagte: »Wir beide wissen, dass du eine Spionin bist, aber von allen Spionen, die ich kenne, bist du die mit dem schlechtesten Gewissen.«

Fast jeden Tag rief jemand an. Ich habe schon immer gewusst, dass das Telefon enorme Vorteile hat. Das Problem war, dass mein Mann das nicht so sah. Seine Gedanken interessierten mich normalerweise nicht, doch in diesem Fall konnte ich ihn nicht ignorieren. Mitten in meinen Telefonaten zog er den Stecker raus. Wenn ich unter der Dusche stand, drehte er mir mittendrin den Heißwasserhahn zu. Warum fiel es mir dann so schwer, mich von alldem zu trennen? Stimmt, ja, ich habe in einem Bett voll Erbrochenem geschlafen, aber im Untergeschoss schlief das Mädchen und träumte von Bräuten in Weiß.

Ich werde nie erfahren, wer gepfiffen hat, das war bei einer anderen blöden Fahrt, der Geliebte, seine kleine Tochter, seine große Tochter oder die mittlere. Klar ist, dass es ein scheußlicher Pfiff war, gerade als wir auf einer angenehmen Straße fuhren, rechts und links Autos, und ich in der Mitte, gefangen zwischen ihnen, konnte mich nicht rühren, fuhr ohne Führerschein.

Wir beide hatten gedacht, wir besorgen uns ein paar gelbe Bulldozer und bringen unser Leben in Ordnung. Wir dachten, Schilder aufzustellen: »Achtung, Baustelle!«

Wir dachten, dafür lohnt sich das alles: der Krach, wegen dem die Leute nicht schlafen können, die Schlaglöcher, die sich mitten auf der Straße auftun, der Staub, die polternden Steine. Aber auf dieser Fahrt, als der Geliebte und all seine Töchter bei mir im Auto saßen, kamen mir plötzlich Zweifel, und dieser Pfiff, der meine Zweifel begleitete und sie auf abscheuliche Weise zum Zucken brachte, war etwas, das ich nie mehr im Leben hören möchte.

Ihr könnt fragen, warum ich überhaupt ins Auto gestiegen bin, warum ich, die ich noch nie ein Auto gefahren habe, ich, die sich sogar vor einem Fahrrad fürchtet, plötzlich eine ganze Familie einpacke und losfahre. Das hat zwei Gründe. Erstens habe ich, seit das Mädchen verschwunden war, nicht mehr schlafen können. Ich dachte mir: Nur am Steuer wird es mir irgendwann gelingen, richtig einzuschlafen. Zweitens konnte ich mir bei all meiner Vorstellungskraft keinen anderen Weg vorstellen, das Mädchen zurückzubekommen.

Unterwegs sagte ich zu ihm: »Was sagst du dazu, dass ich, deren ganzes Leben wegen der Liebe so aus den Fugen geraten ist, plötzlich entdecke, dass Liebe das ist, was ich jetzt am wenigsten brauche? Müsste ich mich zwischen Liebe und einem Kilo Erdbeeren entscheiden, würde ich ohne Zögern das Kilo Erdbeeren wählen.«

Er sagte: »Aber ein Kilo Erdbeeren ist gleich aufgegessen, und danach hast du nichts mehr davon.«

Ich sagte: »Auch von unserer Liebe hab ich nichts mehr. Und glaub mir, ein Kilo Erdbeeren kostet weniger, als du mich gekostet hast.«

Wir waren nicht einmal im Kino gewesen oder auf einer Party. Wir hatten keine gemeinsamen Freunde, keine gemeinsamen Kinder, keinen gemeinsamen Besitz. In der Regel hatten wir uns im kleinen Zimmer des Geliebten eingeschlossen und über die Zukunft geredet. Zukunft war das Einzige, was wir hatten, und von allen Zeiten ist sie wohl die, die am leichtesten zu tilgen ist.

Auf der Rückbank jaulten die Töchter des Geliebten und kratzten ihn wie Katzen. Ich hatte ihn schon lang im Verdacht, dass er nichts andres als Katzen zeugen konnte. Wäre ich nicht plötzlich mitten auf der Straße stehen geblieben, links und rechts, vor und hinter mir andere Fahrzeuge, hätten seine Töchter ihm alles abgerissen, was ihnen überflüssig erschien.

Ich wusste, am Abend werden wir zusammensitzen, er und ich, während seine Mädchen im Zimmer nebenan schnurren. Wir werden uns eine Decke über die Beine legen und Weizenschrotbrei essen. Die Hände des Geliebten werden zittern, ich werde ihn füttern, einen Löffel nach dem andern, so wie ich das Mädchen gefüttert habe. Wenn sein erschöpfter Magen das Essen verdaut haben wird, werde ich entdecken, dass er, der früher jünger war als ich, inzwischen älter ist als mein Vater. Sein Haar wird weiß sein, sein Gesicht voller Falten. Sein Rücken krumm. Und wenn ich für einen Moment vergessen werde, dass das mein Geliebter ist, werde ich mir sagen: Entweder ist dein Großvater von den Toten auferstanden, oder du hast keine Ahnung, wer dieser zitternde Alte hier auf dem Sofa ist.

Der Geliebte und ich, die wir immer nur über die Zukunft redeten, werden bald nichts mehr haben, worüber wir noch reden können. Er wird schlaff in seinem Greisenschlaf dahinschlummern, und ich werde die Pause nutzen, um mit einigen feindlichen Elementen zu telefonieren. »Ich hab ein Geschäft für euch«, flüstere ich, »gebt mir, was von meinem Mädchen übrig ist, und ihr bekommt drei gesunde, starke Mädchen dafür. Mein Mädchen ist mit Bleistift auf weißes Papier gezeichnet, jeder Radiergummi kann sie auslöschen. Diesmal hab ich drei Mädchen für euch, die kriegt ihr selbst mit Tipp-Ex nicht weg. Mädchen aus Fleisch und Blut. So einen Deal könnt ihr nicht ausschlagen.«

Ich breche das Gespräch ab und gehe ins Bett. Ich habe schon gelernt, ein winziger Same der Zerstörung reicht aus, um ein ganzes Haus in Schutt und Asche zu legen. Sogar ein Same, den man mit bloßem Auge gar nicht sieht, den man mit den Ohren nicht hört. Man muss nur den Kopf unter die Decke stecken und abwarten.

In derselben Nacht ging mein Haarausfall los. Ich glaube, er begann, als ich hörte, dass jemand die Haustür öffnete. Ich legte die Hand auf den Kopf und fing an, mich zu kratzen. Vor lauter Kratzen hörte ich nichts aus dem Zimmer nebenan. Eines aber wusste ich, auch ohne den Kopf unter der Decke vorzustrecken: Das Mädchen haben sie mir nicht gebracht. Ich spürte es an der Trockenheit der Luft. Wäre sie hier gewesen, wäre die Luft feucht geworden. Sie haben seine Mädchen geholt und mir meines nicht zurückgebracht. Zugegeben, kein guter

Deal, sagte ich mir. Für einen Moment war es mir ihm gegenüber unangenehm, aber sofort beruhigte ich mich: Dieser senile Greis wird sich überhaupt nicht daran erinnern, dass er mal drei Töchter hatte.

Am Morgen erwachte ich von einem scheußlichen Pfiff. Was konnte das sein? Es waren doch nur noch wir zwei übrig, und wenn ich es nicht war, musste er es gewesen sein. Wie konnte ich mich in einen Mann verlieben, der so scheußlich pfeift?

Ich lief ins Wohnzimmer und fand ihn ruhig schlafend auf dem Sofa. Der Pfiff kam wohl von draußen. Ich streckte vorsichtig den Kopf aus dem Fenster und sah meinen Ex-Mann in einer trendigen Schwangerschaftsbluse, wie er Äpfel pflückte und pfiff.

»Was machst du da?«

»Ich pflücke Äpfel und pfeife.«

»Warum gehst du nicht auf den Markt?«

»Es gibt nirgends so gute Äpfel wie bei dir. Ich weiß nicht, womit du sie gießt, aber sie sind süß wie Honigbonbons.«

»Ich gieße sie einfach gar nicht«, sage ich, und plötzlich kommt mir eine Idee. »Hör mal, da gibt es etwas, das haben schon viele Paare vor uns getan, warum also nicht auch wir?«

»Wir haben alles gemacht, was Paare machen können«, sagt er. »Wir haben geheiratet, ein Mädchen gemacht, uns scheiden lassen, was können wir sonst noch tun?«

»Noch mal heiraten«, flüstere ich.

Er lässt vor Schreck die Äpfel fallen. »Und wozu?«

Ich setze mich auf die Treppe. Wirklich, wozu? Das hab ich mir noch nicht überlegt. Zum Schluss finde ich etwas. »Hör zu«, sage ich zu ihm, »mein Sexualleben ist ohne dich zerstört.«

»Wie geht denn das? Du hattest doch kaum Sex mit mir, wie ist dein Sex dann ohne mich zerstört?«

»Das ist es ja, verdammt noch mal.« Ich verliere die Geduld. »Anscheinend hab ich kein Interesse am Sex, wenn er nicht hinter deinem Rücken ist.«

»Du willst mich heiraten, damit du mich betrügen kannst?« Endlich hat er's kapiert.

»So ist es. Glaub mir, das ist ein besserer Grund als die meisten Gründe, die ich kenne.«

»Alles, was du von mir brauchst, ist also mein Rücken? Mehr nicht?«

»Genau!«

»Tut mir leid«, sagt er arrogant, »ich habe bereits ein besseres Angebot.«

»Ein besseres? Was könnte besser sein als dieses?«

»Du wirst staunen, aber es gibt Frauen, die sich noch für ein paar andere Körperteile von mir interessieren als für den Rücken.«

»Tatsächlich?« Ich bin wirklich erstaunt. »Wofür zum Beispiel?«

Ich betrachte seinen riesigen Bauch. »Na warte, bis du siehst, was ich dir da drin gelassen hab«, murmle ich leise und schöpfe sofort neuen Mut. »Willst du eine Tasche für die Äpfel?« Jetzt bin ich ganz großzügig. »Willst du ein Umstandskleid? Elastische Strümpfe? Orthopädische Schuhe? Einen Still-BH? Willst du einen Großvater?«

»Nein, nein - ich bin rundum versorgt«, sagt er, »wirklich, vielen Dank. Und wo hast du dir einen Großvater besorgt?«

»Ich hab so einen Alten im Auto mitgenommen«, erfinde ich, »ich nehme an, der hält nicht länger durch als eine Woche. Das Problem ist, dass er mir das Sofa besetzt. Ich dachte, dass du ihn vielleicht zu dir nehmen willst. Von wegen Familienerweiterung.«

»Nein, nein, danke«, er schreckt zurück, »ich wollte nur ein Kilo Äpfel. Das ist das Einzige, das mir im Leben fehlt, außer dem Mädchen natürlich.«

»Sag mal«, erkundige ich mich, »wofür würdest du dich entscheiden, für ein Kilo Äpfel oder für echte Liebe?«

»Echte Liebe«, antwortet er ohne Zögern. »Warum?«

»Du warst schon immer so dumm. Und übrigens, von mir aus kannst du den Baum abernten, nur pfeif nicht dabei.«

Jeder kann doch schließlich pfeifen, sag ich mir jetzt, als er wie ein seliger Erpel davonwackelt, jeder kann lieben, sich scheiden lassen, kann morgens aufstehen, Zöpfe flechten, den Fernseher anschalten, Honig lecken. Was also stimmt nicht mit mir?

Ich pflückte einen Apfel und setzte mich unter den Baum. Schon lang hab ich mir nicht mehr eine so schwierige Frage gestellt. Das Wichtigste sind die Eltern, erinnere ich mich. Wenn deine Eltern dich deformiert haben, bist du deform. Wenn sie dich fertiggemacht haben, bist du fertig. Wenn sie dich gekocht haben, bist du gekocht, wenn sie dich geschrumpft haben, bist du schrumpf. Wenn sie dich aufgeblasen haben, bist du eine Blase. Wenn sie dich engeln, bist du Engelchen. Wer, verdammt noch mal, hat ihnen diese Macht gegeben? Als du klein warst, waren sie um dich herum. Jetzt, wo du groß bist, hocken sie dir in der Seele. Du wirst sie nie mehr los.

Andererseits, sage ich mir, erklärt das auch gar nichts. Jeder hat doch Eltern, was also stimmt nicht mit mir?

Erst nachdem das Mädchen verschwunden war, habe ich verstanden: Die Frage ist nicht, wer wen geboren, wer was gewusst oder wer wen beseitigt hat, sondern, was meine Haare wirklich wollten. Wenn ich meinem Ex-Mann gegenübersaß, feuerte die Sonne unseren Hass an, der erst in ebendiesem Moment geboren wurde, fütterte ihn und zog ihn auf. Wir beide waren absolut tot, lebten aber andererseits auch, und drum herum wusste niemand, ob das eine Beerdigung oder ein Geburtstag war, da erhob sich plötzlich hinter der Mülltonne diese Frage: Was wollen meine Haare? Stimmt, ja, man hätte jedes einzeln fragen können, das hätte Jahre gedauert, aber irgendwann wären wir damit durch gewesen, eine eindeutige Wahrheit wäre herausgekommen, und dann hätte ich endlich auch gewusst, wer wen geboren, wer was gewusst oder wer wen beseitigt hat. Aber so viele Jahre hatte ich nicht, und der Haare waren zu viele, und dann machte mein Ex-Mann seinen Vorschlag: »Wir reißen sie aus.«

Keine schlechte Idee, dachte ich, stechende Schmerzen im Kopf haben bisher noch keinem geschadet, dann werden sie auch mir nicht schaden, und wenn dadurch die Wahrheit ans Licht kommt – was gibt es Besseres. Was ich aber, als ich ihm begeistert zuhörte, nicht bedachte, war, dass wir, die Wahrheit und ich, noch nie gut miteinander ausgekommen sind.

Eines Abends hatte ich mit ihr bei der Nachbarin gesessen, so, als wäre ich eine ganz normale Mutter und sie ein ganz normales Mädchen. Die Nachbarin sagte: »Ich hab gehört, ihr habt eine neue Katze.« Ich korrigierte sie: »Einen Kater.« Sie sagte: »Eine rothaarige Katze. Gratulation zu der Katze.« Ich flüsterte dem Mädchen zu: »Jeder, der einen Kater zur Katze macht, kann ein Spion sein.«

In dieser Zeit verkaufte mein Mann das Depot. Als ich mit dem Mädchen von der Nachbarin zurückkam, hatte ich kein Haus mehr. Ich nahm sie an die Hand wie einen Korb und ging zum Lebensmittelladen. Ich wusste, ein halbes Kilo Schokoaufstrich würde mir binnen einer viertel Stunde die Temperatur hochjagen. Ich hatte ihn aufgegessen, noch bevor ich bezahlte. An der Kasse stellte ich mit braunen Händen eine leere Dose hin. Süße Sachen haben mich schon immer krank gemacht. Als wir aus dem Laden traten, wurde mir schwindlig, und ich fiel auf den weichen Körper des Mädchens. Die Verkäuferin alarmierte die Nachbarin und deren Mann, und die schleiften mich zum Depot, doch da war noch nicht einmal mehr mein Bett. Aus dem Depot drang ein schreckliches Jaulen. Nur den Kater hatte er nicht verkauft.

Ich dachte, damit ist das Leben zu Ende, aber ich wurde überrascht. Plötzlich kehrte das Mädchen in meinen Bauch zurück. Ich spürte sie in meinem Bauch treten wie ein gut entwickelter Embryo. In mir drin war sie süß und gefährlich. Sie war alles, was mir verboten war. Ich umarmte meinen Bauch und sagte: Vielleicht gehe ich noch einmal dorthin, um sie zur Welt zu bringen, dann wird dieser Geburtshelfer mich wieder in seinen riesigen Händen halten und mir alles erzählen, was ich verpasst habe, und er wird mir versprechen, dass der Schmerz vorübergehen wird.

Dort würde es nach Blut und Milch riechen und nach Qualen, die einen Sinn haben. Ein Geruch der Zartheit, den es sonst nirgendwo gibt. Alle werden vereint sein, ich und der Arzt, mein Mann, die Hebamme, Hände und Füße, die Venen und die Hämorrhoiden. Alle werden nur an eines denken. Hinter dem Fenster wird Regen fallen, und vielleicht auch Schnee, es würde mich nicht wundern. Die Mahlzeiten werden warm und sättigend sein. Die Zeitungen werden in der Mülltonne schlafen. Und jede Frau wird nur einen Mann haben, und wenn der sie mit einem Blumenstrauß in der Hand besuchen kommt, wird sie sich in ihren Schmerzen müde aufrichten.

Dies wäre mein neues Zuhause. Jede Nacht würde das

Mädchen neu geboren. Die Gebärenden in den Betten würden wechseln, neue Ehemänner würden auftauchen. Die Hähnchenschenkel würden mit Hähnchenschnitzeln abwechseln und umgekehrt, und nur ich würde in einem dunklen Aufzug dauernd hoch- und runtergefahren, mal ohne das Mädchen, mal mit ihm im Arm, vorher und nachher, schwach von der Anstrengung, stark, weil ich muss.

Einige Monate nachdem ich geheiratet hatte, rief mich meine Mutter an und fragte: »Nun, Nurit –«

»Varda«, korrigierte ich sie.

»Nun, Nurit«, machte sie weiter, »stimmt es, was ich gehört habe, dass du noch immer Jungfrau bist?«

»Woher hast du denn das?«, fragte ich erschrocken.

»Man redet so im Viertel. Ich habe versprochen, meine Quellen nicht preiszugeben.«

»Kein guter Witz«, sagte ich zu ihr, »ich hab einen Mann. Wie soll ich da noch Jungfrau sein?«

»Das ist ja das Sonderbare, deshalb redet die ganze Stadt darüber. Ich möchte, dass du weißt: Papa und ich sehen das mit großer Besorgnis.«

»Papa auch? Hat er das ausdrücklich gesagt?«

»Ehrlich gesagt, nein.« Sie gab es sofort zu. »Bei so heiklen Dingen ist es besser, Papa nicht mit reinzuziehen. Aber ich bin darüber wirklich höchst beunruhigt.«

Ich erinnerte sie: »Papa war mit dir noch nie einer Meinung. Sogar über meinen Namen habt ihr euch nicht einigen können, und deshalb hab ich nie einen bekommen. Warum sprichst du jetzt plötzlich in seinem Namen?«

»Verzeih, ich hab mich geirrt. Auch Mütter dürfen sich manchmal irren. Gerade Mütter. Aber, um es kurz zu machen, ich habe beschlossen, diese Anomalie zu beenden.

Ich hab dir vor zehn Minuten einen Knaben geschickt, der, finde ich, ganz passabel aussieht«, erklärte sie, »er heißt Mevorach, du wirst ihn an seinen Fuchsohren erkennen. Ich habe ihm eine Packung Antibabypillen mitgegeben, die modernsten, die derzeit auf dem Markt sind. Also, mach kein Theater, schluck die Pille, mach die Beine breit, dann bist du das endlich los.«

»Bist du verrückt, Mama?«, fragte ich. »Was wird mein Mann dazu sagen? Wir haben uns Treue geschworen!«

»Dein Mann muss davon nichts erfahren«, sagte sie, »wenn er am Abend nach Hause kommt, machst du ihm ein warmes Essen, und nichts ist passiert. Keine Sorge, Mevorach wird dich auch nicht weiter belästigen. Ich hab ihn nur für einmal bezahlt.«

Wir hatten noch nicht aufgelegt, da klopfte er schon an der Tür. Ein junger Knabe, flott, ging vielleicht noch aufs Gymnasium. »Machst du das für dein Taschengeld?«, fragte ich ihn. »Für dieses Geld lädst du dann die Mädchen aus deiner Klasse ins Kino ein?«

Er lachte ein Fuchslachen, zog sogleich die Pillenpackung aus der Tasche und reichte mir ein Glas Wasser. »Schluck das«, sagte er, und ich schluckte. Er nahm mich direkt ins Bett. Sein Orientierungssinn war erstaunlich. Das Glas hatte er sofort gefunden und fand dann auch das Bett. »Mach die Beine breit«, sagte er, und ich gehorchte aufs Wort. »Das funktioniert nicht, wenn du dich nicht ausziehst«, erklärte er geduldig. Er zog die Hose aus, und auch ich. Unterhosen trug er keine, vielleicht um Zeit zu sparen. Sein Schwanz sah aus wie ein bemalter Luftballon, und als er sich aufblähte, verschwammen die Zeichnungen darauf so sehr, dass es schwer war, den Schmetterling und die Blüte auseinanderzuhalten. Als er fertig war und wieder draußen, wurden mir zwei Dinge sehr klar: Erstens, dass es mit meiner Ehe vorbei war. Zweitens, dass ich keine Jungfrau gewesen war.

»Bist du sicher, dass man dich dafür hierhergeschickt hat?«, fragte ich staunend.

»Ja, das war die Aufgabe.«

»Denn so was hab ich schon hundertmal gemacht; ich wusste nur nicht, dass sie das meint.«

Er lächelte höflich und zog seine Hose an. »Solltest du Schmerzen bekommen, machst du ein paar heiße Wickel«, erklärte er wie ein erfahrener Arzt, »und solltest du bluten, nimm Watte. Jeden Abend nimmst du eine Pille, bis die Packung leer ist. Viel Erfolg.«

»Warte«, sagte ich, indem ich mich zu ihm aufrichtete, »gehst du schon?«

»Ja, ich muss zur Biostunde.«

»Kommst du morgen wieder?«

»Nein.«

»Und übermorgen?«

»Nein.«

»Diese abartige Mutter«, fluchte ich, nachdem er flink

und leise verschwunden war, »wird nie im Leben etwas richtig machen.« Ich lag im Bett und zitterte. Ich spürte, wie sich meine Glieder voneinander lösten und im ganzen Bett verteilt waren. Als es dunkel wurde, rief ich sie an. »Ich hab nicht die Kraft, meinem Mann ein Abendessen zu kochen«, sagte ich, »komm doch du mit den Töpfen.«

»Kein Problem«, überraschte sie mich, »ich steh schon den ganzen Tag in der Küche und koche für euch. Ich hab mir schon gedacht, dass du dich schwach fühlen wirst.«

»Eine Betrügerin bist du! Eine Perverse!«, schrie ich sie an. »Das hast du dir also schon gedacht, ja?« Obwohl ich mittendrin aufgelegt hatte, wusste ich, sie würde in einer viertel Stunde hier sein, mit den Töpfen. Ich hatte nur nicht damit gerechnet, dass sie auch meinen Vater mitbringen würde.

»Ich hatte keine andere Wahl«, flüsterte sie hinter seinem Rücken, »er hat mitbekommen, dass du dich nicht gut fühlst, und hat darauf bestanden, dir einen Krankenbesuch abzustatten.«

»Gute Besserung! Werd schnell wieder gesund«, sagte mein Vater, indem er mir feierlich die Hand drückte, »und was ist es diesmal? Der Hals? Die Ohren? Der Bauch? Die Gelenke? Die Lungen? Das Herz?«

»Irgend so ein Virus«, murmelte ich, »so ein allgemeines Unwohlsein.«

»Hast du Fieber?«, fragte er nach. Ich maß Temperatur und entdeckte, dass ich kochte. Ich hatte gewusst, dass mir elend war, nur nicht, wie sehr.

Bevor mein Mann zurückkam, konnte meine Mutter mir noch die Bettwäsche wechseln und die Blutung mit Watte stillen. Der Tisch war schon gedeckt und das Haus aufgeräumt.

»Also«, fragte er ungeduldig, »du bist schon wieder krank? Seit unserer Heirat kränkelst du nur.«

»Nichts Schlimmes, nur so ein Virus, der geht vorbei«, sagte ich mit schwacher Stimme.

Als mein Vater und mein Mann sich nebenan zum Essen setzten, lauschte ich ihrem Kauen und dachte plötzlich, was für ein Urteil da über mich verhängt war. Dachte an die Lüge, die in meinem Körper aufplatzte wie ein entzündeter Blinddarm.

Meine Mutter kam lautlos herein, mit einem vollen Tablett. »Hühnersuppe?«, fragte sie. »Linsensuppe? Kartoffelsuppe oder Tomatensuppe?«

»Bist du verrückt? So viele Suppen!«

»Ich wollte mit dir feiern«, gestand sie. »Den ersten Tag deines Frauseins. Ich hab mich nicht erinnert, welche Suppe du magst, deshalb hab ich alle vier gemacht.«

»Der erste Tag meines Frauseins, Mama«, flüsterte ich, damit es niemand hörte, »ist ein stinkender Tag. Diesen Tag werde ich dir niemals verzeihen, es sei denn, du schickst mir diesen Knaben noch einmal.«

»Aber das ist unmöglich«, sagte sie entsetzt, »ich habe mit ihm einen Vertrag unterschrieben, dass ich mich nie mehr an ihn wenden werde.«

»Aber was wird dann jetzt aus mir?« Ich weinte. »Du weißt, dass ich mich in jeden verliebe, der mich berührt!

Mevorach wird nicht wiederkommen, und ich sitze hier mit meinem Mann fest, und wir müssen noch ein ganzes Leben zusammen rumbringen. Ist dir überhaupt klar, um wie viele Abendessen es hier geht? Um wie viele Suppen?«

»Habt ihr schon mal an ein Kind gedacht?«, fragte sie.

»Bist du verrückt?«, fragte ich entsetzt. »Hast du vergessen, wie alt ich bin? Ich bin gerade mal zwölfeinhalb!« Wir verstummten, denn mein Vater kam ins Zimmer.

»Wir müssen los, es ist schon spät«, drängte er sie und wandte sich dann an mich: »Ich habe den Eindruck, du brauchst ein bisschen körperliche Betätigung, du bewegst dich nicht genug«, sagte er mit großer Autorität, »man kann nicht den ganzen Tag nur im Bett rumliegen. Morgens eine viertel Stunde Gymnastik, und dein ganzes Leben wird sich ändern.« Und dann, noch bevor ich mich in Acht nehmen konnte, noch bevor ich mit dem Kopf unter die Decke verschwinden konnte, legte er seine kalte Hand auf mein Haar. In ebendieser Nacht bin ich schwanger geworden.

Mein letztes Fest mit ihr war Chanukka, das Lichterfest, gewesen. Als sie vor den brennenden Kerzen sang, hatte ich mir gesagt: Wie kann ich ihr sehenden Auges dieses Glück rauben? Und das, um mein eigenes Glück mit dem Geliebten zu suchen? Wie kann ich sagen, glücklich wird sie nicht mehr werden, aber sie hat gute Chancen, interessant zu werden. Jemand, vielleicht war es mein Vater, sagte mal: »Nur Kühe sind glücklich. Glück wünsche ich nur meinen Feinden.«

Stimmt, ja, manchmal hab ich sie gehasst, aber zweifellos habe ich sie manchmal auch geliebt. Es war die Angst, die zwischen uns stand. Schon im ersten Moment, als ich sie gesehen hatte, wie sie blutverschmiert in den Händen des Geburtshelfers zappelte, hatte mich eine tödliche Angst gepackt. Lieber wär ich mit einem vermummten drogensüchtigen Vergewaltiger allein im Zimmer gewesen als mit ihr. Wenn sie nachts weinte, brach mir der Angstschweiß aus. Ihr Geschrei morgens ließ mich unter der Bettdecke erstarren. Ohne meinen Mann, der zwischen uns vermittelte, wäre ich nicht in der Lage gewesen, zu ihr hinzugehen. Was hätte denn passieren können? Ich sagte schon, sie war stark. Ich sagte noch nicht, dass sie launenhaft war, schlechthin unvorhersagbar. Dass sie lange Fingernägel hatte. Und einen zu treuherzigen Blick. Dass sie zu süß war. Dass ihre Locken ihre Augen versteckten, sodass man nicht sehen konnte, was sie schon wieder ausheckte.

Und trotzdem, als sie sich, umgeben von Flammen, wie ein Geist im Fenster des Depots spiegelte und Chanukkalieder sang, so, als wäre sie ein ganz normales Mädchen im Kindergartenalter, dachte ich an alles, was sie nicht mehr sehen, nicht mehr hören würde, nicht mehr malen und nicht mehr kleben würde. Ich dachte an den großen, weichen Klumpen ihres Glücks, den ich aus unserem Fenster werfen würde, all das dem Anschein nach Heile und Ganze, was man eben so Familie nennt.

Wenn du das tust, sagte ich mir, wird alles, was für die andern einfach ist, für sie kompliziert sein, alles, was für andere leicht ist, wird für sie schwer sein; und alles, was für andere kompliziert ist, wird für sie doppelt so kompliziert sein. Und trotzdem nahm ich den duftenden riesigen Klumpen Glück mit beiden Händen hoch und warf ihn hinaus. Sie sah ihn fallen, als sie vor den brennenden Kerzen stand, am Fenster im mittleren Stockwerk des Depots.

In dieser letzten Nacht saß ich an ihrem Bett. Ich hatte eine Vorahnung. Solche Vorahnungen hatte ich fast jede Nacht, doch diese war die hartnäckigste. Ich wusste schon, ich würde sie nicht nur für ein Wochenende verlassen.

Auch meine Eltern hatten mich damals verlassen. Statt mich heranwachsen und weggehen zu lassen, waren sie selbst gewachsen und weggegangen. Wenn ich Familie haben wollte, ging ich in ihr Schlafzimmer und schloss die Tür. Ich legte mich unter ihre Decken, aß und übergab mich. Dort gebar ich meine schlimmsten Gedanken.

In jenem Sommer, in dem meine Eltern weggingen, geriet die Welt aus den Fugen. Katzen begannen zu bellen, Vögel fielen ohne Grund vom Himmel. Ich staunte: Hatten denn meine elenden Eltern die Welt zusammengehalten? Das Haus blähte sich immer weiter auf, so sehr, dass ich mich nachts auf dem Weg zum Klo verirrte. Manchmal erkannte ich das Zimmer nicht mehr, in dem ich groß geworden, den Teppich, auf dem ich gekrabbelt war. Riesige Fenster waren in die Wände gebrochen, es gab keinen Unterschied mehr zwischen draußen und drinnen.

Ab und zu besuchten mich zwei dunkelhäutige Knaben. Sie kamen durch die Wand, mit einem Weinglas in der einen und einer brennenden Zigarette in der anderen Hand. Einer war hässlich und klein, der andere groß und schön, aber der stotterte. Bei ihm verstand ich kein Wort. Die Arme bei ihnen untergehakt, spazierte ich zwischen den Wasserbecken im Park, warf Münzen in das eine und sammelte sie aus dem andern wieder auf. Ich bemühte mich, nicht mehr rauszunehmen, als ich reingeworfen hatte, doch meine Bemühungen halfen nichts. Trotzdem war die Welt aus den Fugen. An einem Tag spazierte ich Hand in Hand mit dem kleinen Knaben, und unsere Schatten auf der Straße sahen lächerlich aus. Ich sagte: Der Schatten wird natürlich den Großen bevorzugen, denn dessen Stottern sieht man ihm nicht an. Plötzlich kam ein prächtiger Wagen und überfuhr den Kleinen. »Was für eine Welt!«, rief ich dem sich entfernenden Wagen hinterher: »Man lässt den Knaben nicht groß werden, schon beseitigt man ihn, man lässt dem Essen keine Zeit, verdaut zu werden, schon erbricht man es, man lässt das Mädchen nicht heranwachsen, schon verlässt man es.«

Kurz vor Chanukka hatte ich eine feierliche Einladung vom Schrottmuseum bekommen. Sieben Jahre lang haben wir nur für Sie den Schrott gesammelt, schrieben sie, es ist an der Zeit, dass Sie kommen, um ihn gründlicher zu erforschen. Wie hätte ich diese Gelegenheit ausschlagen können? Ich hätte das Mädchen wohl mitnehmen können, aber ich hatte etwas Sorge. Was macht ein zartes Mädchen zwischen alten Pflugscharen und Dolchen aus dem letzten Jahrhundert? Natürlich hatte ich Angst, sie könnte sich verletzen. Deshalb nahm ich lieber den Geliebten mit.

Am Ende von Chanukka stieg der Geliebte ins Auto und weinte. In letzter Zeit brachte ihn alles, was an mich erinnerte, zum Weinen, und wenn er mich wirklich sah, konnte auch das ihn nicht beruhigen. Sobald er eingestiegen war, wusste ich, das wird nicht gut ausgehen. Wieder so eine Vorahnung.

Wenn du dein Kind verlässt, bist du lieber an einem hässlichen Ort mit schwarzen Steinen und vertrockneten Bäumen. Du leidest lieber Hunger und willst kein Festessen mit fünfzig Gängen aufgetragen kriegen, so wie wir. Das Letzte, was du willst, ist, dich in einem tropischen Garten aufzuhalten, mit hängenden Gärten und Springbrunnen. Doch sogar ich, die ich dem Geliebten und mir nicht allzu großes Glück gewünscht hatte, erschrak, als ich merkte, dass wir in eine Falle getappt waren.

Hinter einem Gitter aus hellem Bambus standen Menschen mit schmalen Augen und zeigten ungeniert mit den Fingern auf uns. Väter trugen Kinder auf den Schultern und erklärten ihnen etwas in einer unverständlichen Sprache. Die Kinder schauten uns entsetzt an und rieben sich die Augen. Ich sagte zu dem Geliebten: »So schön bin ich nun auch nicht, und du schon gar nicht – was soll das alles hier?«

Vor lauter Angst hörte er auf zu weinen. Ich sagte mir, in allem Schlechten steckt auch etwas Gutes: Jetzt denkt er wenigstens nicht an den Schmerz, den wir unseren Kindern angetan haben, sondern überlegt, wie er uns hier rausbekommt.

Indessen trug man uns eine Speise nach der anderen auf. Der Tisch war längst voll, und die Kellner stellten die Speisen auch auf die Tische neben uns. Ich winkte ihnen mit der festlichen Einladungskarte: »Tut mir leid«, sagte ich höflich, »wir sind in Eile zur Eröffnung des Schrottmuseums, bitte bringen Sie uns die Rechnung.«

Die Kellnerin schrieb und schrieb, ohne Unterlass. »Entschuldigen Sie«, sagte ich, »müssen wir auch für Speisen bezahlen, die wir gar nicht gegessen haben?« »Aber gewiss«, sagte sie, »all diese Speisen wurde ja anderen Mündern vorenthalten, die man dafür entschädigen muss. Denken Sie nicht auch, dass man all diese Kinder entschädigen muss?« Sie wies mit dem Finger energisch auf die Menge von Leuten, die hinter dem Bambuszaun stand.

»Warum entschädigen?«, fragte ich. »Geben Sie ihnen einfach diese Speisen, die wir weder bestellt noch gegessen haben, dann sind alle zufrieden!«

»Das geht ja nun gar nicht. Unmöglich!«, sagte die

Kellnerin. »Diese Leute haben bereits auf ihr Essen verzichtet. Nichts könnte sie dazu bringen, etwas anzunehmen, worauf sie bereits verzichtet haben.« Ich schaute sie verzweifelt an. Die Springbrunnen spritzten vergoldetes Wasser, und unter einer kleinen Brücke tummelten sich bunte Fischlein.

»Und wenn sie dich in Gold aufwiegen, es wird sie nicht zufriedenstellen«, sagte ich zum Geliebten, »was machen wir jetzt bloß?« Der Geliebte schaute mich an und begann zu schluchzen. Die Kinder mit den schmalen Augen schauten ihn an und weinten mit. Die hungrigen zarten Frauen lehnten sich an ihre Männer und weinten bitterlich. Sogar die Männer wischten sich ein paar Tränen aus den schmalen Augen. Nur ich weinte nicht. Zu sehr war ich mit Essen beschäftigt. Ich sagte: »Wenn ich schon so einen Preis bezahle, dann lass ich auch kein Krümelchen übrig. Und wenn ich nachher alles wieder ausspucke.«

Einer, der im Zorn geht, wartet darauf, dass jemand ihn zurückruft. Es gibt Leute, die bleiben draußen stehen und warten, dass die Tür wieder geöffnet wird und ein Licht der Versöhnung aufscheint. Es gibt Leute, die gehen so langsam, dass sogar ein Baby sie einholen kann. Es gibt Leute, die gehen schnell, schauen sich aber immer wieder heimlich um. Ich dagegen lief schnell davon und schaute nicht zurück, und ich kam fast bis zur Hauptstraße, und nur der Regen rief mich hartnäckig. Doch noch bevor ich ein Taxi anhielt, um nach Hause zurückzukehren, hörte ich, wie der Geliebte aufholte, eilig und doch langsam klopfte er mit seinem Gehstock auf die nasse Straße, das Gesicht von der Anstrengung deformiert.

»Ich habe eine Depression«, flüsterte er, als sein Atem sich beruhigt hatte, »versuch doch, mich zu verstehen.«

»Schön«, sagte ich spöttisch, »aber du kannst dich nicht einfach so vordrängeln. Denk an all die Leute, die jetzt im Regen stehen, und du hast ihnen den Platz in der Schlange weggenommen!«

»Wem zum Beispiel?«, murmelte er erschrocken.

»Mir zum Beispiel«, schrie ich ihm ins Ohr, um sicherzugehen, dass er es hörte. »Siehst du nicht, wie ich im Regen stehe und warte?«

»Du wartest auf ein Taxi«, protestierte er.

»In diesem Land ist das trickreich«, erklärte ich ihm, »man muss so tun, als ob. Wer so tut, als wartete er auf ein Taxi, kriegt normalerweise eine Depression, wenn ihm die nicht jemand anderes vorher wegschnappt.«

Der Geliebte war verzweifelt. Er hatte sich nicht vorgestellt, dass dieses Land so gnadenlos sein könnte. Und ich hatte mir nicht vorgestellt, wozu er eines Tages in der Lage sein würde, um aus diesem Land zu fliehen.

Was dem Geliebten den Rest gegeben hat, war das Spiel, das wir am Ende der nicht endenden Woche im Schrottmuseum erfanden. Ich nannte es: »Wer es schafft, sich am längsten von seinem Kind zu trennen«, und die Regeln waren strikt. Keine Telefonate, keine unangekündigten Besuche, keine Briefe, keine Geschenke. Alle sagten, der Geliebte, der darin einen beeindruckenden Rekord hielt, werde mich spielend besiegen. Aber zum Schluss schwiegen alle betreten, weil ich den Sieg davontrug.

Manchmal hatte ich den Eindruck, dass ich zwei Geburtstage des Mädchens verpasst hatte, manchmal auch drei, manchmal auch dreißig. Am Anfang habe ich noch heimlich angerufen, hinter dem Rücken des Geliebten, und wenn ihre dünne Stimme erklang, flüsterte ich: »Wer ist deine Mama?«

Ich muss ihr zugutehalten, sie hat meine Stimme immer erkannt. Sie sagte: »Warum hast du mich vergessen?«, und begann dann sofort zu erzählen: »Ich habe eine Frau gesehen mit Haaren wie du, mit Augen wie du, mit Brüsten wie du, mit einer Nase wie du, mit Fingern wie du, aber das warst nicht du.«

Als ich das Prinzip verstand, sagte ich mir: Warum soll ich überhaupt anrufen und riskieren, dass der Geliebte mich dabei ertappt. Ich weiß doch schon, was sie sagen wird. Auf diese Art habe ich etwa ein Jahr lang durchgehalten. Nach einem Jahr rief ich sie wieder an: »Wer ist deine Mama?«, flüsterte ich, und sie sagte: »Es ist traurig in dem heiligen Haus.«

Ich hatte gehört, dass sie das Depot mit Gold und Silberfolie ausgekleidet hatten und dass sie nur weiße Kleider trugen. Ich hatte gehört, dass er ihr Goldfäden in die Zöpfe flocht. Ich sagte ihr: »Wenn du groß bist, wirst du verstehen, dass es überall traurig ist.«

Wegen so eines dummen Gesprächs konnte ich meinen Sieg riskieren. Ich kann nicht beschreiben, wie wichtig mir dieser Sieg war, mir, die ich noch bei keinem Spiel gesiegt und die ich schon so viel Scheiße gefressen hatte.

Da sagte ich mir, wir sind ohnehin alle verloren, nicht ich werde ihnen ihr Gold zu Kohle machen. Nicht sie werden aus mir Wasser aus dem Felsen schlagen. Jeder wird seinen eigenen Weg gehen. Unser gemeinsamer Weg führt nirgendwo hin. Wir waren die Treppen hinunter- und wieder hinaufgegangen, stimmt, ja. Ich weiß nicht, was wir sonst noch taten. Ich nehme an, wir hatten feste Rituale, aber was für welche? Haben wir militärisch salutiert, geblinkt, Hände gedrückt? Haben wir uns geküsst, umarmt, gefickt? Einmal in der Woche sind wir hierhin gegangen, einmal in der Woche dorthin. Das Mädchen haben wir vierhändig gestreichelt, bis es einschlief – ich wegen meiner Vorahnung, mein Mann aus Liebe.

Es gab vielleicht einen kurzen Moment, in dem ich einen Begriff von der Zukunft bekam. Da konnte ich ihre Farbe sehen. Plötzlich verstand ich, was das Schlimmste war, von dem alle die ganze Zeit redeten. Ich sah alles, was mich früher glücklich gemacht hat. Ich sah alles, was mich traurig gemacht hat. Und plötzlich war beides identisch, und ich verstand, nichts mehr würde in mir etwas auslösen; alles würde für mich dasselbe sein: ob mein Ex-Mann einen Sohn oder eine Tochter kriegen würde, ob die französische Konkubine noch einen Fick kriegen würde, ob der Geliebte aufwachen, ob das Mädchen zurückgegeben würde, ob der Geburtshelfer seine Frau und seine Zwillingsmädchen verlassen und mich heiraten würde, ob meine Haare wieder wachsen und die Leute sich wieder nach mir umdrehen würden, ob noch einmal Chanukka käme und das Mädchen vor den brennenden Kerzen singen würde, ob mein Ex-Mann ein Rührei und einen Salat machen und mich zum Essen rufen würde, bevor es kalt werden würde.

Als ich zu ihnen zurückkehrte, musste ich pinkeln. Ich ging in die Toilette und sah, sie war schon Jahre nicht benutzt worden. Die Ascheschicht auf der Klobrille reichte mir bis zum Hals. Ich dachte: Wie kann das sein? Pinkeln und kacken sie nicht? Was ist das? Sind sie zu Heiligen geworden?

Ich ging raus und streifte durch das Depot. Vielleicht haben sie die Toilette woandershin verlegt? Das Zimmer des Mädchens war voll verkohlter Steine. Goldenes und silbernes Papier versteckte die verrußten Wände, die an den großen Brand erinnerten. Ein Geruch von Weihrauch lag in der Luft, aber ihr neues Bett war verschwunden. Ich nahm sie zur Seite und fragte: »Sag mir, wo machst du Pipi?« Sie schaute mich fassungslos an. »Ich mach schon lang kein Pipi mehr.«

»Seit wann denn?«

»Seit dem Tag, an dem du uns verlassen hast«

»Und Groß?« Nun wollte ich es genau wissen.

»Auch keinen Stuhlgang«, sagte sie, »das schon gar

nicht.« Warum redete sie so erwachsen? Ich erschrak. Was hat er mit ihr in all den Jahren gemacht, in denen ich im Schrottmuseum war?

Ich nahm ihn beiseite und fragte ihn: »Sag mir, und wo entleerst du dich?« Er schaute mich verstört an und sagte: »Ich entleere mich schon lang nicht mehr. Ich fülle mich nur noch an.«

»Und seit wann?«

»Seit dem Tag, an dem du uns verlassen hast«, sagte er. Ich wusste, es hatte keinen Sinn, noch weiterzufragen. Das Mädchen war verloren. Er auch. Sie beide waren verloren.

Die Frage hieß nun: Und was war ich? Ich ging zurück in die Toilette, setzte mich auf den verkohlten Klositz und versuchte zu entscheiden: War ich verloren oder nicht? In dem Moment, in dem ich sie gerade eben wiedersah, hätte ich doch von Neuem geboren werden müssen. Der bittere Brocken meiner Liebe zu ihnen hätte sich mit dem ersten Freudenhusten lösen und mir aus der Kehle springen müssen, aber es war mir nicht gelungen zu husten, obwohl mir die Kehle immer mehr wehtat.

»Du wirst nicht glauben, was für eine Langeweile das im Schrottmuseum war. Außer Briefeschreiben hatte ich nichts zu tun«, erzählte ich meinem Ex-Mann durch die geschlossene Tür.

»Warum hast du uns dann nicht geschrieben?«, schrie er. »Das Mädchen hat jeden Tag nach dir gefragt. Sie hat jeden Tag in den Briefkasten geschaut.«

»Ich habe niemandem geschrieben«, verteidige ich

mich, »ich hatte ja nichts, worüber ich hätte schreiben können.«

»Wie kann das sein? Fünf Jahre lang hattest du nichts zu schreiben?«

»Fünf Jahre?«, wundere ich mich. »Ich war mir sicher, dass es fünfzig waren. Ich war mir sicher, dass du längst gestorben bist und dass das Mädchen schon seine Enkelkinder großzieht. Ich dachte nicht, dass ich dich so jung vorfinden würde und sie noch richtig klein. Ich habe den Eindruck, sie ist sogar noch kleiner als bei meinem Weggehen.«

»Sie ist genauso groß geblieben, wie sie war«, gibt er zu, »und hat dasselbe Gewicht. Sie ist sogar noch im selben Kindergarten. Keine Schule war bereit, ein fünfjähriges Mädchen einzuschulen, auch wenn sie schon fünf Jahre lang fünf ist.«

»War es wirklich so schlimm?« Ich komme aus der Toilette und schaue sie mitleidsvoll an: »Aber woher kommen die weißen Haare, die sich in ihren Zöpfen verstecken?«

»Ich habe versucht, sie älter zu machen«, entschuldigt er sich verlegen, »ich hab ihr die Haare gekalkt, damit man sie in die Schule aufnimmt, aber auch das hat nichts geholfen.«

»Ist ja schrecklich«, sage ich ernst, »es ist schrecklich, ein so kleines Mädchen ohne Mutter zu lassen.«

»Wem erzählst du das? Du bist doch gegangen, nicht ich.«

»Ich bin gegangen?!« Es kocht in mir hoch. »Das nennst

du ›gegangen‹? Sag, hast du dein Gedächtnis verloren? Erinnerst du dich nicht, wie sie mich abgeholt haben? Direkt aus dem Bett?«

»Du hast dich nicht gewehrt«, protestiert er, »dein Gesicht hat vor Glück gestrahlt, als es an der Tür klopfte. Dein Koffer war gepackt. Du bist einfach aufgestanden und mitgegangen.«

»Was ein Quatsch, aufgestanden und mitgegangen? Mit Händen und Füßen hab ich mich gegen die Soldaten gewehrt. Einen hab ich sogar gebissen. Ich erinnere mich an den Geschmack seines Nackens.«

»Das war ein Biss der Lust«, korrigiert mein Ex-Mann, »glaub nicht, ich hätte das nicht gesehen, ich hätte nicht gesehen, wer das war. Das war dein Geliebter!«

»Was weißt du von Lust!«, schreie ich. »Was weißt du von dem Geliebten! Das war eine Falle! Ich dachte, ich bin Gast des Schrottmuseums, und zum Schluss hat sich herausgestellt, dass ich dort ausgestellt wurde!«

»Als was denn?« Er glaubt mir nicht. »Was kann man an dir ausstellen?«

»Was tut das zur Sache?«, schreie ich. »Tatsache ist, sie haben mich auf den Boden geklebt und eine Kordel rundherum gespannt, damit mir keiner zu nahe kommt. Das hat die Besucher aber nicht daran gehindert, mich an den Haaren zu reißen wie kleine Kinder.« Völlig erschöpft bücke ich mich zu dem alten Koffer, den ich mitgebracht habe. »Schaut her, das ist das Einzige, was ich retten konnte.« Ich hole den staubigen Müllbeutel heraus und leere mein ganzes Haar auf den Tisch.

Das Mädchen denkt, das sei ein Geschenk, und stürzt sich freudig darauf. »Nicht anfassen! Das ist dreckig!«, warne ich sie, und sie weicht zurück und wimmert wie ein Katzenjunges. Mein Ex-Mann umarmt sie, und so stehen sie zusammen da, ein Leib, und schauen mich böse an.

»Glaubt mir«, sage ich, »ich weiß schon nicht mehr, wo es schlimmer war. Im Schrottmuseum oder hier bei euch, wenn ihr euch so gegen mich verbündet. Dort gab es wenigstens einen bösen und einen guten Wächter. Hier seid ihr beide böse.«

»Das kommt davon, dass wir aufgehört haben, uns zu entleeren«, sagt mein Ex-Mann, »wir haben keine Möglichkeit mehr, unseren Abfall loszuwerden. Wir waren beim Arzt, er hat uns alles erklärt, sogar anhand einer Zeichnung, damit das Mädchen es versteht.« Und sofort springt sie die Treppen hinauf und kommt mit einem komplizierten bunten Schaubild zurück, das sie mir begeistert zeigt. Ich schau es mir an und verstehe nichts. Merkwürdig, dass ein so kleines Mädchen bereits Dinge versteht, die ich nicht verstehe.

»Merkwürdig«, sage ich zu meinem Ex-Mann, »das Einzige von euch und von diesem Depot, woran ich mich erinnern konnte, war der Geruch der Ausscheidungen. Nachts, wenn das Museum leer von Besuchern war, hab ich versucht, mich an eure Gesichter zu erinnern, an eure Stimmen. Aber ich konnte mich an nichts erinnern. Nur an den warmen Uringeruch nachts, wenn ich aufstand, um ihre Bettwäsche zu wechseln.«

»Das ist wirklich merkwürdig«, pflichtet er mir bei.

»Das ist mehr als merkwürdig«, korrigiere ich ihn, »das ist sogar tragisch, wenn du mir den Ausdruck verzeihst. Nur deshalb haben sie mich nicht nach Hause gelassen. Noch nicht einmal an den Namen des Mädchens hab ich mich erinnert! Ich hatte keine Ahnung, welche Farbe ihre Augen haben, wie alt sie ist. Verstehst du jetzt, warum sie nicht auf mich verzichten konnten? Warum sie mich so streng bewacht haben? Zeig mir noch eine Mutter, die sich nicht daran erinnert, wie ihr Mädchen heißt! Kein Wunder, dass ich fünfzig Jahre gebraucht habe, von dort zu fliehen und zu euch zurückzukommen, und jetzt bin ich mir gar nicht mehr sicher, dass es sich überhaupt gelohnt hat.«

Er verstummt beleidigt, und das Mädchen drückt sich an ihn und umarmt ihn. Ich beobachte voll Staunen, wie sie in seinen Händen kleiner wird. Auf einen Schlag sieht sie aus wie ein Baby, es würde mich nicht wundern, wenn er eine Brust frei machen und sie stillen würde. Ich mustere sie noch einmal mit einem prüfenden Blick. Kein Zweifel, die Größe des Mädchens ist merkwürdig. Ihr Verhalten auch. Ein fünfjähriges Mädchen, das noch an der Brust trinkt? Vielleicht ist das überhaupt sein neues Mädchen? Denn ich habe den Eindruck, ich habe sie noch nie gesehen.

»Sag mir«, frage ich ihn, »wo schläft das Mädchen?«

»Auf dem Boden, unten im Wohnzimmer, im unteren Stock«, gesteht er, »zusammen mit mir. Wir haben neben dem Altar eine Matte ausgerollt, und da schlafen wir. Als

Zeichen der Trauer. Seit dem Tag, an dem du gegangen bist.«

»Wie schön, dann könnt ihr jetzt ja endlich zurück in eure Betten.« Ich versuche, sie aufzuheitern, doch das Mädchen schüttelt entschieden den Kopf.

»Ihr gefällt die Trauer«, erklärt mein Ex-Mann, »sie zündet gerne Seelenkerzen an, kleidet sich gerne in Sack und Asche und bringt gerne Opfer. Wir haben viele interessante Rituale im Tempel. Kinder mögen Rituale. Die geben ihnen ein Gefühl der Ordnung und der Sicherheit.«

Ich setze mich an den Tisch und lege den Kopf auf meine Haare. Vielleicht werden sie auf wundersame Art wieder anwachsen? Schmerzende kleine Stiche werden meinen ganzen Schädel überziehen, aber wenn ich den Kopf heben werde, werd ich so schön sein wie früher.

»Kann ich bitte ein Rührei und Salat bekommen?«, frage ich mit trockener Stimme. »Ich habe einen weiten Weg hinter mir. Hab schon Jahre nichts mehr gegessen, und schon gar nicht Rührei mit Salat.«

»Das ist etwas schwierig«, sagt er, »wir essen nur heiliges Brot und manchmal ein kleines Stück vom Flügel eines heiligen Hühnchens. Wir haben nichts anderes anzubieten.«

Ich bedecke mich mit meinen Haaren und weine leise, damit das Mädchen es nicht hört. Was für einen weiten Weg habe ich zurückgelegt, denke ich mir, und was für ein weiter Weg liegt noch vor mir. Anscheinend sind wir doch eine Familie geblieben, denke ich: Alles, was sie haben, geht auf meine Kosten, und alles, was ich habe, geht auf ihre Kosten. Je leichter es für sie ist, umso schwerer ist es für mich. Je heiliger sie sind, umso sündiger bin ich. Je reiner sie, umso unreiner ich.

»Sag mal«, ich wende mich noch mal an das Mädchen, für einen Moment kommt sie mir doch bekannt vor, und ich bin schockiert, »hast du schon mal erlebt, dass du eine Frau gesehen hast mit einem Mund wie meinem, mit einer Nase wie meiner, mit Strümpfen wie meinen, mit Narben wie meinen, mit einem Koffer wie meinem, und das war trotzdem nicht ich?«

»Nein«, sagt sie entschieden.

Worauf ich ihretwegen nicht alles verzichtet habe, erinnere ich mich jetzt, auch ohne endgültig zu klären, ob sie nun existiert oder nicht. Versteht Ihr, was für eine Gefahr das bedeuten würde, wenn nach Jahren des Verzichts, nach Jahren ohne Essen, ohne Duschen, ohne Schlaf und ohne Zeit, jemand mit der entsprechenden Autorität kommen und zu mir sagen würde: »Es handelt sich hier um einen schrecklichen Irrtum. Ihr Mädchen hat es nie wirklich gegeben.«

»Warum habt ihr mir das nicht früher gesagt?«, würde ich schreien. »Ihr habt zugelassen, dass mir die Haare ausfallen, dass meine Jugend schwindet, dass meine Geliebten sterben, und habt mir nicht gesagt, dass das alles für nichts und wieder nichts ist?«

»Wir wussten nicht, wie wir es dir sagen sollen«, würde

er sich rechtfertigen, »du warst so sehr auf sie fixiert, dass wir nicht wussten, wie wir dir sagen sollten, dass das alles deine Einbildung ist. Wir sahen dich mit einem leeren Kinderwagen durch die Straßen ziehen, an einem leeren Bett Gutenachtgeschichten vorlesen, wir sahen dich morgens in den Kindergarten gehen und dabei eine Hand zur Seite ins Leere strecken. Wir sahen, wie du mittags schnell dort hinranntest, du hattest solche Angst, zu spät zu kommen – da konnte man dich nicht aufhalten und dir die Wahrheit sagen.«

Wenn Ihr denkt, ich sei eines Tages zu meinem Mann gegangen und hätte ihm gesagt: »Komm, wir lassen uns scheiden«, irrt Ihr. Wenn Ihr denkt, er sei eines Tages zu mir gekommen und hätte zu mir gesagt: »Komm, wir lassen uns scheiden«, irrt Ihr. Und überhaupt, wenn Ihr alles glaubt, was ich bisher erzählt habe, irrt Ihr auch. Aber warum soll nur ich mich die ganze Zeit irren? Wir haben uns getrennt, ohne es zu wissen, ohne es darauf anzulegen, und wenn wir an jenem Freitag nicht in die Stadt gegangen wären, läge ich bis heute wie ein Baby eingerollt in seinen Armen und würde aus einer rosa Flasche Kaffee trinken.

Ich war durch eine besondere Vorrichtung mit ihm verbunden. Nicht in der Seele, sondern an den Armen. Sie bestand aus Nägeln und Drähten. Sie tat weh, war aber bequem, und die Ärzte meinten, solang sich keine Entzündung entwickle, gebe es keinen Grund zur Sorge.

Wenn wir in die Stadt aufbrachen, befestigte mein Mann diese Vorrichtung an unseren Armen, aber dort, wo alle Geschäfte offen und alle Menschen hungrig waren, wo der Kopf schmerzte und die Wut anschwoll, dort passierte uns etwas, was uns noch nie passiert war und was nicht hätte passieren dürfen. Vielleicht hatte sich ein Draht gelockert, oder ein Nagel war aus meinem Arm gefallen, auf jeden Fall fand ich mich plötzlich ohne meinen Mann.

Keiner wird es glauben, dass ich, die ich jahrelang keinen Schritt allein getan hatte, mich in dieser Situation befand und mich von einem Geschäft ins nächste schleppte und nach ihm suchte, bis es dunkel wurde. Als die Läden zumachten, humpelte ich zur Bushaltestelle, setzte mich dort hin, betrachtete meinen leeren Oberarm und versuchte, diese Vorrichtung zu rekonstruieren. Sie war so einfach und gleichzeitig so ausgeklügelt; wer hätte geglaubt, was vier Nägel und zwei Drähte bewirken können.

Da saß ich und wartete auf den Bus. Besser gesagt, ich wartete auf meinen Mann. Wäre mein Bus vorbeigefahren, ich hätte ihn nicht erkannt, ich hatte keine Ahnung, welche Linie mich nach Hause bringt, wenn aber mein Mann dort vorbeigekommen wäre, hätte ich ihn gleich erkannt, an den Narben auf seinem Oberarm. Indessen kam kein Mann und auch kein Bus, und ich verstand, auch wenn ich wüsste, welche Linie ich bräuchte, sie wäre nicht gekommen, denn der Verkehr auf der Straße ebbte ab, es waren immer weniger Menschen unterwegs, bis wir zum Schluss auf der Hauptstraße nur noch zu zweit übrig waren. Ein alter Anstreicher, der in bespritzten Kleidern mit zwei Eimern und einem Quast herumlief, und ich.

Er kam auf mich zu und fragte: »Soll ich Sie anstreichen?«

»Sie mich anstreichen?« Ich erschrak. »Was bedeutet das, ›anstreichen‹?«

»Einfach so«, sagte er, tauchte den Quast ein und bestrich mich mit einem breiten Streifen Kalk, um es mir zu zeigen.

»Wozu mich kalken?«

»Fürs Fest«, sagte er unbeirrt.

»Was für ein Fest?«

»Pessach! Es ist Pessach!«, schrie er mir ins Ohr, verlor die Geduld. »In einer halben Stunde beginnt der Sederabend, wissen Sie das nicht?«

»In einer halben Stunde ist Sederabend!«, wiederhole ich entsetzt seine Worte. Wie kommt es, dass ich das nicht weiß? Anstatt das Mädchen zu baden, ihr ein weißes Kleid anzuziehen und sie zu kämmen, statt mich zu baden, ein weißes Kleid anzuziehen und mich zu kämmen, statt meinen Mann zu baden, sitze ich an dieser dreckigen Bushaltestelle mitten in der Stadt und überlasse meinen Körper und mein Haar einem alten Anstreicher.

Er arbeitet zügig, man kann nicht sagen, dass er trödelt. Das nahende Fest scheint ihn anzutreiben, und binnen zehn Minuten bin ich perfekt gekalkt, festlich wie eine Wand, und erst als er zufrieden weggeht, fällt mir wieder ein, ihn zu fragen: »Entschuldigen Sie, guter

Mann, wenn Sie wirklich Anstreicher sind, warum sind Ihre Kleider dann voller Blutspritzer, wie die eines Metzgers?«

»Die Kunst im Leben ist der Wechsel.« Er lächelt mich an. »In der rechten Hand habe ich einen Eimer mit Kalk, in der linken einen Eimer mit Blut, und glauben Sie mir, ich vertu mich nie. Keiner wird mich dabei ertappen, dass ich anstreiche, statt zu schneiden, oder schneide, statt anzustreichen.«

»Bei mir haben Sie sich geirrt!«, rufe ich hinter ihm her, aber er hört es nicht mehr und zieht mit seinen beiden Eimern schwankend davon. »Ich bin Ihr erster Fehler! Aber zu Ihrem Glück sitzen jetzt alle um den Sedertisch, und außer mir hat Sie keiner ertappt!«

Wie konnte das passieren, frage ich mich, schleppe mich die leere Straße entlang, der Kalk tropft mir von den Augen in den Mund, wie konnte es passieren, dass der Nagel rausgefallen ist, dass der dicke Draht gerissen ist, der sieben Jahre und sieben Monate gehalten hat? Und dann versteh ich plötzlich etwas, was ich vorher nicht zu verstehen gewagt habe, bevor man mich gekalkt hat. Ich verstehe, dass das alles andere als ein Zufall war.

Es war vorbildlich geplant, in allen Details, von dem Morgen an, an dem wir in die Stadt gegangen sind, bis zu dem Moment, an dem der Nagel rausfiel und der Eisendraht durchtrennt wurde. Mit Absicht haben sie mich auf der größten Hauptstraße der Stadt verloren, mit Absicht haben sie mir verheimlicht, dass heute Sederabend ist, die beiden haben diesen Plan zusammen ausgeheckt, diese beiden Menschen, die meine Familie hießen und die sich so ähnlich waren, dass sie sich nur in der Größe unterschieden. Immer habe ich gewusst, dass sie alles tun würden, um mich zum Fest loszuwerden. Und ich sehe ihn, wie er ihren weißen Körper wäscht, sie in ein festliches Kleid steckt, wie sie geschmückt wie Braut und Bräutigam durch die Straßen gehen, mit Kränzen und Ballons, ich sehe, wie sie an mir vorübergehen, ohne mich zu erkennen, wie sie vorbeigehen und lachen, als wäre ich eine Wand.

»Hey!«, ruf ich ihnen nach. »Hey, ihr beiden, Braut und Bräutigam! Fehlt euch nicht etwas, genauer gesagt, jemand? Sagt mir, nennt man das Familie? Wie kann es sein, dass ihr euch wie ein Ganzes aufführt, wo ihr doch nur zwei Drittel seid? Wartet auf mich!«, schreie ich. »Ich bin das Drittel, das euch fehlt!«

Er geht weiter, aber das Mädchen zögert, dreht sich um, ihre Augen blicken hilflos, ihre Hand klammert sich an seiner fest.

»Hey, Mädchen«, rufe ich ihr zu, »du hübsche, keusche Braut! Denk nicht, ich hätte vergessen, wie du dich an meine Hand geklammert hast. Ich dachte, du würdest sie nie loslassen. Manchmal war da Schweiß, manchmal Tau, je nachdem, zu welcher Tageszeit und zu welcher Jahreszeit. Eine amputierte Frau hast du aus mir gemacht, hast mir nur eine Hand gelassen. Die zweite ist für immer bei dir. Was hast du in meiner Hand gesucht, sag mir, was, dachtest du, gibt es da für dich, in meiner elenden Hand, noch nicht mal im Schlaf hast du sie losgelassen.«

Ihre Augen schauen zu mir, aber ihre Beine lassen sich von ihm mitziehen, und ich versuche, sie einzuholen, doch der Kalk trocknet und wird hart und klebt mich an mir fest.

Als alle hässlich waren, war ich schön, aber als alle plötzlich schön wurden und duftend durch die Straßen flanierten, wurde ich so hässlich, dass sogar die Taxifahrer in die andere Richtung schauten. Als alle single waren, war ich zu zweit, immer untergehakt, aber als alle sich zu Paaren ordneten, war ich allein, ging durch die Straßen und suchte nach Spuren.

Den Kopf immer gesenkt, auf der Suche nach dem Mädchen. Einmal befand ich mich, angezogen vom Summen der Bienen, direkt unter der neuen Wohnung meines Ex-Mannes.

Als ich an die Tür klopfte, hörte ich ihn flüstern: »Jetzt kommen die Soldaten uns abholen.«

Ich weinte an der Tür: »Das bin bloß ich, macht mir doch auf.«

Als er mir öffnete, fragte ich: »Wer ist noch hier?«

»Niemand«, sagte er, »ich wohne hier allein.«

»Mit wem hast du dann geflüstert?«

»Mit mir selbst. Ich flüstere gerne mit mir.«

Ich ging mir die Trauer vom Gesicht waschen. In der vollen Badewanne fand ich ein fünfjähriges Mädchen.

Als ich mich mit bebenden Händen auf sie stürzte und sie blind und taub vor Freude zerquetschte, merkte ich, es war eine riesige Puppe.

Dieser Perverse, verfluchte ich ihn, man darf keinem Menschen glauben. Er hat immer die Wahrheit gesagt und im Grunde gelogen, so wie ich immer gelogen und im Grunde die Wahrheit gesagt habe. Das Mädchen versteckt sich ja doch bei ihm. Diese fünfjährige Puppe ist genau mein Mädchen; und wer behauptet, ich hätte mal ein echtes Mädchen gehabt, lügt.

Ich holte sie aus der Wanne und trocknete sie gut ab, damit sie sich nicht erkältet. Eingewickelt in ein großes Badetuch, trug ich sie auf dem Arm ins Bett, zog ihr den Schlafanzug an und las ihr eine Geschichte vor. Als ich sie auf die kalte, harte Stirn küsste, sagte ich mir: Die Stirn meines Mädchens war auch nicht wärmer oder weicher als diese. Aber ich wusste, dass ich log.

Als ich aus ihrem Zimmer kam, starrte er mich fassungslos an. Ich sagte ihm: »Ich komm jetzt jeden Abend um sieben, sie waschen und ins Bett bringen.«

Langsam und verängstigt schwebte er hinter mir her zur Wohnungstür, aber ich wartete nicht auf ihn. Trockenen Auges knallte ich die Tür hinter mir zu. Seine Lügen haben kein Ende, schimpfte ich vor mich hin, niemand hat mir verraten, dass die Wahrheit so kalt sein kann und dass sie nach Plastik riecht.

Als ich dort rausging, gingen meine Schnürsenkel auf. Ich setzte mich auf die Stufen und versuchte, sie zu binden. Ich hatte den zweiten Schuh gerade gebunden, da ging der Senkel des ersten wieder auf. Und als ich den ersten wieder gebunden hatte, löste sich der Senkel des zweiten Schuhs wieder. Ich stand auf und klopfte an seine Tür. Er öffnete mir im Schlafanzug.

»Immer noch hier?«, brummte er. »Es ist schon Morgen!«

»Schon? Ich dachte, ich sei eben erst gegangen.«

»Was willst du?«

Ich streckte ihm den rechten Fuß hin. »Mach mir bitte eine Schleife.«

»Du bist nicht in der Lage, dir die Schuhe zu binden?«

»Nein.« Ich schämte mich. »Ich hab es die ganze Nacht versucht und hab es nicht geschafft.«

»Eine Frau in deinem Alter?«, schimpfte er. »Du könntest schon Großmutter sein und schaffst es nicht, eine Schleife zu binden, was jedes kleine Mädchen kann.«

»Wie kann ich Großmutter sein, wenn ich nicht in der Lage war, Mutter zu sein?«

»Und was ist mit dem Mädchen, das wir hatten?«

»Eine Puppe wird mich nicht zur Mutter oder Großmutter machen«, sagte ich zu ihm, »selbst wenn sie wie ein echtes Mädchen aussieht.«

Er bückte sich und band mir beide Schuhe. Die Knoten waren so fest, dass ich wusste, ich würde sie nie mehr lösen können.

Indessen war von der Straße eine Feuerwehrsirene zu

hören, und ich wusste, dass unser Depot in Flammen aufging. Unser Depot, in dem wir das Mädchen vierhändig großgezogen hatten, in dessen Mauerritzen wir Zettelchen mit Wünschen gesteckt hatten, ging in Flammen auf.

»Weißt du, dass der weiße Schrank jetzt brennt?«, fragte ich meinen Ex-Mann. »Der weiße Schrank, den ich mit solcher Hingabe abgestaubt habe, der Schrank, von dem meine Kleider sich nicht trennen wollten, weshalb ich auch die ganze Zeit diesen Kittel trage. Der weiße Schrank, auf dem der feuchte Lappen Wischspuren hinterließ, brennt jetzt, und alle Kinder aus dem Depot-Viertel tanzen drum herum, und das Mädchen mittendrin. Ihr Haar, das ich Jahre nicht gekämmt habe, wird golden auf ihrem glühenden Kopf.«

»Geh schlafen«, sagte er ungeduldig, »egal ob mit oder ohne Schuhe, Hauptsache, du schläfst.«

»Wie soll ich schlafen, wenn das Haus brennt?«

»Du hast jahrelang geschlafen, während das Haus brannte.«

»Aber ich wusste es nicht«, verteidigte ich mich, »woher hätte ich das wissen können? Es war dort die ganze Zeit so kalt. Sogar kochende Hühnersuppe gefror da in einer Sekunde. Jahrelang haben wir auf gefrorenen Brocken rumgekaut, und es hat nichts genutzt. Auf dem Weg vom Teller zum Mund gefror alles. Wie hätte ich in dieser Kälte ahnen können, dass das ganze Haus brennt? Man hat mich in die Irre geführt, siehst du nicht, dass man mich irregeführt hat?«

Würdet Ihr mich fragen, wie ich es zuließ, meinen Geliebten, der meine letzte Hoffnung gewesen war, zu beseitigen, würde ich antworten: »Hatte ich denn eine andere Wahl? Ich habe nicht nur zugelassen, dass er beseitigt wird, ich habe ihn selbst beseitigt, jeden Tag ein bisschen, mit den Schlaftabletten, die ich in seinem Kräutertee auflöste. Ich hatte keine andere Wahl.«

Während ich mich mit dem Mädchen zusammengekauert auf den Stufen des großen Saals versteckte – Soldaten liefen zwischen uns herum, jeder der Leute auf den gepolsterten Sesseln konnte auf uns zeigen oder uns schon mit einem kurzen Blick ausliefern, alle außer uns hatten Bescheinigungen, sogar das Mädchen war vor Angst und Neid verstummt, und ich bettelte mit den Augen dieses große Publikum an, lasst uns bei euch bleiben, gebt uns einen Platz zwischen euch –, während wir uns so versteckten, lag der Geliebte, der meine letzte Hoffnung gewesen war, in seinem schmalen Bett neben dem Fenster und schlief. Was für eine Wahl hatte ich da noch?

Dort habe ich alles über Mutterschaft gelernt. Ich sah eine Frau in einem grünen Kostüm. Auch ihre Tochter trug ein grünes Kleid. So einfach war das, ich staunte, warum hat sich niemand die Mühe gemacht, mir das zu erzählen? Letztlich ist es eine Frage der farblichen Abstimmung. Das Mädchen war geblümt, und an mir blieb noch nicht mal der Dorn einer Distel hängen.

Ich dachte: Vielleicht geb ich sie an eine andere Mutter, damit die sie für einige Jahre versteckt, bis die Gefahr vorüber ist, und dann kehre ich alt und faltenübersät zurück, alle Mühsal wird schon hinter mir liegen, und ich werde sie zurückfordern. Ich habe eine Mutter gesucht, die für sie gepasst hätte, und keine gefunden. »Wir haben keine andere Wahl«, sagte ich zu ihr, »wir müssen zurückkehren an den sichersten Ort, den man sich denken kann.

Das ist jetzt deine Gelegenheit, dich zwischen Trennung und Freiheit zu entscheiden, und glaub mir, die Wahl ist nicht so einfach, wie sie dir erscheint. Du musst alles mit bedenken: die früh einbrechende Dunkelheit, die verschlossenen Häuser, den Kater, der sich den Rücken gebrochen hat, den flatternden Morgen, den bangen Mittag, den schreienden Abend, ein Leben, das du nicht mehr in deiner Gewalt hast. Entscheidungen, die niemals du treffen wirst, werden dich fliehen, und du wirst sehen, was der Preis für ein einziges Wort ist. Erinnerst du dich noch, dass mein Haar früher so lang war, dass sich die Katzen drangehängt haben?«

Sie hörte mir nicht zu. Sie wollte nur eines wissen: ob ich sie für immer lieben würde. Ich sagte ihr: »Das Größte, was ich versprechen kann, ist, dass ich dich nie vergessen werde, und glaub mir, das ist nicht wenig.«

Ich sah, sie würde sich nie im Leben entscheiden. Auch diesmal würde ich für sie entscheiden müssen. Eine Sache war mir klar: Beide Optionen waren schlecht. Was konnte ich machen, wo die Verteilung so eindeutig war, wir kauten schweigend das trockene Knäckebrot, und die vergoldeten Türen in den großen Saal öffneten sich tatsächlich nur für die anderen; auch wenn es uns gelungen war hineinzukommen, hatten wir doch keine Chance, dort zu überleben. Wo nun alles in meiner Hand lag, aber im Grunde eben nichts, war klar, die Zeit war reif, sie gehen zu lassen.

Wir waren allein auf der Welt, daran hatte ich keinen Zweifel, und auch die Soldaten, die mit schwarzen Stiefeln um uns herum marschierten, hatten keine Zweifel daran. Auch sie wussten, dass wir allein in der Welt, dass wir vogelfrei waren. Auch wenn wir die Augen geschlossen hätten, hätten sie uns gesehen, und auch wenn wir mit dem Rücken zu allen gesessen hätten und auch wenn sie mir in den Händen zerschmolzen und zu glühendem Brei geworden wäre und mich mit Verbrennungen überzogen hätte, auch dann hätte man uns gesehen. Es hätte ja schon gereicht, dass ein kleiner Junge im Matrosenanzug auf uns zeigt und lacht.

An jenem Tag waren wir auf die kleinsten Krümel Barmherzigkeit angewiesen, und jener Tag, das weiß ich jetzt, hat dem Mädchen den Rest gegeben. Zum Schluss sagte sie: »Dann bring mich an einen sicheren Ort. So kann ich nicht weitermachen.«

Ich sagte ihr: »Die größte Sicherheit hast du, wenn du dich selbst dem auslieferst, der dich sucht. Dann weißt du, das Schlimmste ist schon passiert.« Sie war ein kluges Mädchen. Sie konnte es sich gar nicht erlauben, dumm zu sein. Sie sagte: »Dann liefer mich aus.« Ich hatte keine andere Wahl, doch als ich ohne sie nach Hause kam und neben dem Luftbefeuchter und vor den Müllbeuteln mit ihren Spielsachen saß, wusste ich nicht, wer lebendiger war, der große Teddy, den ich ihr zum ersten Geburtstag gekauft hatte, oder ich.

Am nächsten Morgen zieh ich mir eine Strickmütze über die Glatze, nehme eine Spitzhacke in die eine und Müllbeutel in die andere Hand, geh auf die Hauptstraße und pflanze ihre Puppen auf die Zebrastreifen. Wenn Passanten mich entgeistert anschauen, schimpfe ich: »Was glotzen Sie so blöd? Dieses Leben ist nichts für mich.

Ich, ich muss auf dem Fluss treiben und brauch jemanden, der mir mit dem Fächer die Fliegen verjagt.«

»Man wird sie hier noch überfahren«, sagen die Leute.

Ich sage: »Keine Chance! Leute wie ich werden nicht überfahren; die überfahren höchstens andere! Fragen Sie meinen Vater, fragen Sie meinen Ex-Mann, fragen Sie mein Mädchen. Wissen Sie«, ich richte mich auf, stütze mich auf die Hacke, ein neugieriges Publikum hat sich um mich versammelt, »wissen Sie, dass sie eine empfindliche Frucht war, die man in Watte zu packen vergaß? Wissen Sie, dass sie eine Blume war, die nur eine Saison lang hält? Wissen Sie, dass meine Beine schon zu schwer waren, als sie mich rief, um sie zu retten? Wo ist die Armee?«, frage ich sie. »Wo sind die Spezialeinheiten, die frisch erigierten Glieder, wo sind unsere Geheimagenten, wo ist das Rote Kreuz, wo, verdammt noch mal, sind meine Eltern?«

»Sind Sie denn verrückt, hier zu pflanzen?«, schreien sie. »Jedes Auto wird diese Pflänzchen überfahren. Schade um die Mühe.«

»Schade um die Mühe, das hab ich schon immer gesagt. Das sagte ich zu meinem Mann, als er sich von mir scheiden lassen wollte, das sagte ich zu dem Mädchen, als es darum bat, ich solle sie lieben, das sagte ich zu meinem Vater, als er sich auf den Prozess vorbereitete. Da frag ich euch: Wenn es sie alle nicht gestört hat, warum sollte es dann mich stören?«

Ich hatte angenommen, man würde mich von dort wegbringen, aber stattdessen machen sich alle anderen auf und davon. Kein Auto fährt mehr, kein Auto überfährt die Barbiepuppen, deren Haar wir gewaschen und gekämmt hatten. Aus der Ferne höre ich noch Lebensgeräusche, aber um mich herum – nichts. Bis zum Abend pflanze ich, grabe Löcher in die weißen Streifen und fülle sie mit Spielzeug. Die Straße sieht aus wie ein Blumenfeld. Ich denke mir, warum soll nur ich rumlaufen wie ein Grabstein? Und siehe, die Hauptstraße in der Stadt verstummt, um meine Tochter sagen zu hören: »Ich sah eine Frau mit einer Spitzhacke wie du, mit einem Kittel wie du, mit einer Mütze wie du, mit einer Glatze wie du, aber das warst nicht du.«

Mein Ex-Mann lag schon mit einem Geschwulst in seiner Gebärmutter im Krankenhaus. Er wusste noch nicht, dass er allein auf der Welt war. Jeden Tag schickte er ein kleines Spielzeug aus dem Laden im Krankenhaus. Ich steckte sie gleich in einen Müllbeutel. Jeden Morgen zog ich den Kittel an, setzte mir die Strickmütze auf den

Kopf, nahm Spitzhacke und Müllbeutel und ging los. Mal pflanzte ich ihre Teddys, mal die Bauklötze. Mal die Puzzles, mal die Ponys. Unglaublich, wie viele Spielsachen ein kleines Mädchen besaß, das doch nur eine Mutter wollte.

Nach und nach leerte sich das Zimmer, und die Zebrastreifen füllten sich. Ich kam um die Zeit, wenn der Verkehr rege und die Fahrer gereizt waren. Ich mochte das Hupen und das Geschrei, die Flüche und die Beleidigungen, ich fand nichts Schlimmes daran. Nie im Leben hatte ich stärkere Nerven. Wenn ich grub, wich ich nicht von der Stelle, auch wenn ein Lastwagen mit hohem Tempo ankam. Manchmal bekam ich einen Schlag ab, aber nichts konnte mich schrecken.

Ich sprach mir Mut zu, schau her, endlich lernst du, was Mutterliebe ist, was Hingabe bedeutet. Alles, was ich ihr nicht geben konnte, solange sie im Kellergeschoss schlief, gab ich ihr jetzt, wo sie fern war. Endlich verstand ich, warum die Augen der Leute brannten, wenn sie von ihren Kindern sprachen. Für mein Mädchen war ich jetzt beim Pflanzen da, für sie war ich da bei Chamsin und im Regen, am Schabbat und an den Festtagen.

Eines Morgens fiel auf den Teddy, den ich gepflanzt hatte, eine dünne Schicht Schnee. Das war meine schwierigste Unternehmung gewesen. Ich hatte ein riesiges Loch graben müssen, da hätten leicht zwei Leute drin Platz gefunden, sogar eine ganze Familie. Ich hatte gegraben und gegraben, der Schnee war mir in die Augen gefallen. Ich hatte es gar nicht gemerkt und sogar mehr als nötig gegraben. Als ich den weichen goldgelben Teddy hineinlegte, gab es noch mehr Platz. Es wurde ein Massengrab. Wer wurde da nicht alles begraben, von Sand und Schnee, von Asphalt und felsigem Boden, sogar den rothaarigen Kater konnte ich noch mit reinstopfen. Als ich fertig war, stand ich auf und stützte mich auf die Hacke. Ich nahm die Mütze ab und spürte die Kälte auf der Glatze, aber ansonsten spürte ich nichts. Auch ich, sagte ich mir, auch ich bin wie sie anscheinend am sichersten Ort angekommen.

Doch dann hörte ich, dass jemand mich rief. Ich schreckte auf. Wenn mich jemand rief, war das ein Zeichen, dass dieser Ort nicht der sicherste Ort war. Am sichersten Ort kannte niemand den Namen des andern, und niemand wagte es, sich zu erkundigen. Die Frau, die mich rief, besaß die Frechheit und versuchte es. »Galia!«, rief sie. »Varda, Nurit!«

Sie stand auf einem kleinen Balkon, genau über dem Zebrastreifen, und winkte mir mit Händen, weiß von Schnee. Kein Zweifel, es war meine Mutter. Das größte Loch hatte ich, ohne es zu bemerken, direkt vor dem Haus meiner Eltern gegraben. »Gerade haben wir von dir gesprochen«, rief sie mit allergrößter Natürlichkeit, nicht einmal überrascht, mich mit der Spitzhacke auf der Straße zu sehen. »Papa hat gerade den Kopf aus seinem Zimmer gestreckt und gefragt, ob du noch lebst.«

»Sag ihm, dass ich noch da bin«, schrie ich ihr zu, »aber das Mädchen nicht mehr und auch der Ex-Mann kaum noch. Sag Vater, dass er zu etwa siebzig Prozent recht hatte und auch bald mit dem Rest recht haben wird. Alle werden sterben.«

»Gut«, sagte sie zufrieden, »ich werd's ihm ausrichten.«

Ich wartete mitten auf der Straße, und sie beeilte sich und berichtete mir dann: »Seine Tür ist verschlossen, er wird sie erst zur vollen Stunde wieder aufmachen. Kannst du bis sieben warten?«

Ich wusste nicht, dass es schon kurz vor sieben war. Hatte die Dunkelheit nicht bemerkt. In dem sich auftürmenden Schnee war auch das Dunkel weiß. Plötzlich war ich hungrig und müde, nachdem ich wochenlang weder Müdigkeit noch Hunger empfunden hatte.

»Weißt du was, Mama«, versuchte ich, ihr zu erzählen, »kann sein, dass ich wieder ein Mensch werde.« Plötzlich wollte ich zwischen den beiden am Tisch sitzen, heiße Suppe essen und nur über Belanglosigkeiten reden. Zum Beispiel über den Schnee.

»Vielleicht setzen wir uns zusammen an den Tisch und reden über den Schnee?«, schlage ich vor.

»Das kommt jetzt nicht so gelegen. Papa spricht kaum noch, und ich habe nichts zu sagen. Wenn du das Mädchen mitbringst, können wir einen Schneemann bauen und einander mit Schneebällen bewerfen. Sehr viel mehr geht jetzt nicht.«

»Das Mädchen ist nicht da«, flüstere ich, »und das wirst du jeden Morgen vor deinem Fenster sehen, wenn die Spielsachen auf dem Zebrastreifen blühen. Bis du es nicht mehr aushältst, wirst du es sehen, und dann wirst du mit einer Spitzhacke von deinem Balkon runterkommen und einen ganzen Tag lang graben und versuchen, diesen Teddy da rauszuholen, und ich werde am nächsten Tag kommen und ihn noch tiefer eingraben. So wird sich unsre Beziehung in Zukunft gestalten, und glaub mir, das ist auch schon was.«

Indessen wird es immer kälter. Ich binde mir den Kittel fester um den Leib, nehme meine Hacke und die leeren Müllbeutel und gehe los. Meine Mutter steht noch da, oder vielleicht auch nicht, ich schaue mich nicht um, versuche noch nicht einmal zu hören, ob sie mich ruft. Ich gehe langsam durch die leeren Straßen, schleppe meine erfrorenen Beine. Aus allen Fenstern dringt ein heimeliges Licht, es erscheint mir wie ein Wunder. Jeder, auf den dieses Licht jetzt fällt, sage ich mir, ist ein Gesegneter Gottes, und der ist vollkommen, voll Gnade, die Verkörperung der Fülle. Nur jemandem, der nie gelogen und nie betrogen hat, jemandem, der niemals gesündigt hat, wird dieses wundervolle Licht wohl zuteil.

Schade, dass ich wieder ein Mensch geworden bin. Es tut mir leid. Wer braucht noch mal den Hunger und den Durst, die Müdigkeit und die Depression, Eifersucht und Sehnsucht. Wie willst du irgendwas machen, wenn das alles auf dir lastet. Mein Körper drückt schwer auf die schwachen Beine. Wieder fühlte ich mich, als wäre ich im neunten Monat. Was ist das bloß? Wenn du auf dein Kind verzichtest, bist du dann die ganze Zeit schwanger? Ich kroch zum nächsten Zebrastreifen, den ich schon einmal bepflanzt hatte, ich streichelte die kleinen Puppen, von denen nur die Köpfe zwischen den weißen Streifen blühten, und schlief ein und träumte von Bräuten.

Am Morgen standen sie alle zusammen da: der Ex-Mann und der Geliebte, der Ex-Liebhaber und sogar der alte Heiler mit den zitternden Fingern. Im ersten Moment freute ich mich: Schau mal einer an, diese feigen Typen stehen mir endlich zur Seite, aber schnell verstand ich, dass sie das Gegenteil vorhatten. Als sie sahen, dass ich die Augen aufschlug, begannen sie mit ihren Moralpredigten. »Warum gibst du dich nicht hin?«, brummten sie im Chor. »Warum kannst du nicht lieben? Warum kannst du dich nicht freuen? Was schämst du dich deiner Liebe? Was schämst du dich deiner Freude?«

»Schaut her, Herrschaften«, sagte ich, »alles, was ich brauche, ist eine Hand, die ich festhalten kann, die zweite Wahl wäre ein Knie, selbst eine Tür wäre hilfreich. Um mehr hab ich nie gebeten. Alles, was ihr mir angeboten habt, war mehr als überflüssig.« Vor dem hellen Hintergrund waren sie groß und dunkel. Jeder von ihnen hatte an anderen Stellen Ausstülpungen. An jedem war etwas, das ich geliebt, und etwas, das ich gehasst habe, aber im großen Ganzen waren sie überflüssig. Im großen Ganzen war auch ich für sie überflüssig.

»Schaut her, Herrschaften«, fuhr ich fort, »am schwersten fällt es mir, die Lippen so zu bewegen, dass sie Bedeutungen erzeugen. Ich habe euch nichts Wichtiges zu sagen, was diese Anstrengung rechtfertigen könnte. Und wenn ihr es unbedingt wissen wollt: Am allermeisten sehne ich mich nach einer Heizdecke. Warum steht ihr also so erniedrigt und hässlich da und verdeckt mir die Sonne?«

Es ist schwer, vier Männer zu beleidigen. Jeder meint, die Worte seien an einen anderen gerichtet und dass er es, wenn er dran ist, schon schaffen wird. Der Einzige, der seinen Mantel tatsächlich auszieht und mir zuwirft, ist mein Ex-Mann. Alles, was wir zusammen durchgemacht haben, kitzelt ihn innerlich und bringt ihn dazu, mir zuliebe auf etwas Wärme zu verzichten. Das Problem ist nur, so etwas wie das, was wir zusammen durchgemacht haben, gibt es gar nicht, denn wir haben keine einzige gemeinsame Erinnerung. Alles, woran er sich erinnert, hab ich vergessen, und alles, woran ich mich erinnere, weiß er nicht mehr.

»Wem von euch kam Asche aus dem Arsch?«, frage ich sie. Ich erinnere mich an einen Abend, es war genau der Tag, an dem später der Tempel abbrannte, da fand ich in der Kloschüssel noch glühende Aschebrocken, und das Feuer zerschnitt noch das Wasser. Ich sagte zu mir: Wer hierfür verantwortlich ist, der ist an allem schuld. Sie schweigen. Nur der Ex-Mann hustet verlegen, aber ich weiß, er ist es nicht gewesen. Ich erinnere mich an unseren letzten gemeinsamen Schabbat. Jede Bewegung, die er machte, trat mich in den Bauch. Vor allem, als er den Kater umbrachte. »Bringst du jeden Schabbatmorgen einen Kater um?«, fragte ich ihn. Er hatte zitternd in einer Ecke gesessen. Das Mädchen kreischte. Immer gab es bei uns solche Kleinigkeiten, die alles verdarben; wenn diese Kleinigkeiten nicht passiert wären, hätten wir glücklich weiterleben können. »Hättest du den Kater nicht umgebracht«, sage ich ihm, als er hustet, »läge ich jetzt nicht im Schnee, auf dem Zebrastreifen zwischen den Puppen.«

»Immer hast du allen andern die Schuld gegeben«, sagt er mit sanfter Stimme, »nur dir selbst nicht.« Wieder irrt er. In der ganzen Zeit, die seit jenem Schabbat vergangen ist, war ich davon überzeugt, ich hätte den Kater umgebracht, und auch jetzt bin ich noch nicht sicher, dass ich es nicht war.

»Die Frage ist nicht, wer den Kater umgebracht hat«, sagt mein Ex-Mann und hustet, »sondern wer mich umgebracht hat.«

»Diese Frage ist mir zu hoch«, antworte ich ihm, »sie bedeckt mich wie dieser Schnee. Woran ich mich erinnere und was ich vergesse, das ist eine große Frage. Ich erinnere mich, dass du den Zebrastreifen auf der Hauptstraße ziemlich leichtsinnig überquert hast. Vorsichtig bist du nie gewesen, und ich kann schwören, du hast nicht nach rechts und nach links geschaut. Aber es stimmt, ja, auch ich habe nicht aufgepasst. Es regnete, und ich fuhr ohne Führerschein, ich saß das erste Mal im Leben am Steuer. Wir beide sind schuld, aber der wirkliche Schuft ist der, der dich genau in der ersten Nacht, in der ich am Steuer saß, an diesen Zebrastreifen gestellt hat, und das im Regen, wo ich noch nicht mal wusste, wie man die Scheibenwischer anmacht. Ich erinnere mich, ich sah einen großen Schatten und wusste nicht, war das Wasser oder ein Mensch. Lass mir diesen Zweifel. Als ich den Aufprall hörte und dich unter den Rädern sah, habe ich das Weinen erbrochen. Die Tränen kamen mir aus dem Rachen, nicht aus den Augen. Wärst du am Leben gewesen, hättest du es gehört, aber du lebtest schon nicht mehr.«

»Jetzt übertreibst du's aber«, sagt er. »Ich habe dich gehört, aber die Beine spüre ich seitdem nicht mehr. Schon am nächsten Tag kam ich im Rollstuhl nach Hause.«

»Stimmt, jetzt erinnere ich mich. Als ich dich im Rollstuhl sah, hab ich mich verkrümmt. Seitdem hab ich diesen Buckel, und kein Orthopäde kann da helfen. Das hast du mir absichtlich angetan. Mit Absicht bist du am Leben geblieben und mit Absicht behindert, weißt du, wie das für mich ist, diese Behinderung mit anzusehen, die ich selbst verursacht habe, die ganze Zeit sticht sie mir ins Auge. Das halten auch Leute, die stärker sind als ich, nicht aus. Was hätte ich denn tun sollen?«

Als ich so lag, hatte ich ungefähr zehn Gedanken, die auf mich stürzten, so wie Bäume vom Schnee umfallen. Immer noch einer fiel mir auf die Nase, auf den Arm; sie trafen mich überall.

Der erste Gedanke war: Wie hatte ich die Bluse, die er mir mitgebracht hatte, zum Pyjama machen können?

Von all meinen Sünden schien mir dies die schlimmste. Da macht sich einer die Mühe und geht in ein Kleidergeschäft, rekonstruiert deine Maße, deine Farben, deinen Geschmack, greift nach der Brieftasche, holt das Geld raus, kauft dir eine Bluse, und in der schläfst du deinen allerdreckigsten Schlaf.

Doch dann stürzte noch ein Gedanke auf mich, und ich wusste, mein schlimmstes Verbrechen, für das es keine Vergebung geben würde, war, dass ich gegen alle Regeln der Hygiene und des guten Geschmacks auf der Toilette einen Apfel gegessen hatte. Ich war hungrig gewesen, versuch ich zu erklären, Katzen kratzten mich innen im Bauch, ich hatte ihn vom Baum gepflückt und nicht warten können. Ist das denn so schlimm?

Der dritte Gedanke war: Sie ist eine Göttin gewesen, dieses Mädchen. Aber der vierte: Sie ist ein kleiner Zwerg wie alle Zwerge.

Jedes Kind, das in seinem Leben mehr als einen Film gesehen hat, weiß, dass es ein Wort gibt, das jede Hinrichtung abwenden kann. Es reicht, dass einer im Publikum es schreit, auch wenn es ein ein Monat altes Baby ist, und alle Gewehre sinken, und man lehnt sie an die Wand, wie alte Möbel.

Warum, warum, warum, heule ich in den Schnee, warum habe ich dieses Wort nicht gesagt? Stimmt, ja, es floss kein einziger Tropfen Blut. Sie war eine Blume, die nur eine Saison lang hält. Sie war eine Pappfigur im Schießstand dieser Soldaten. Sie war ein Vogel, der, sobald Gefahr sich nähert, zum Stern wird. Aber ich weiß, ich hörte einen entsetzlichen Aufschlag, als ob ein Baum vor lauter Schnee umstürzt.

Eines Morgens, als ich den Schnee über mir ausgebreitet und mir die Augen zugedeckt hatte, damit das Licht mich nicht störte, hörte ich Schritte. Ich war Neugierige gewohnt. Normalerweise schrieb ich einfach in den Schnee: »Bitte nicht stören«, und bedeckte mein Gesicht. Die meisten gingen irgendwann wieder. Wie lang kann man schon auf einen weiß bedeckten Körper schauen? Er erscheint einem schon sehr bald wie eine Täuschung. Doch diesmal waren die Schritte beharrlich und sogar vertraut. Vor lauter Licht schaffte ich es nicht, die Augen zu öffnen, doch ich konnte hören, wie mein Vater dem Publikum um sich herum erklärte, warum mitten im Sommer plötzlich Schnee, so viel Schnee, fiel und warum er nicht mehr schmelzen würde.

»Was machst du?«, schrie ich plötzlich, die Hitze des Schreis bringt den ganzen Schnee, der mich bedeckt, zum Schmelzen. »Wie kannst du es wagen, hier aufzutauchen?«

»Ich zähle den Schnee«, erzählt er ganz ruhig, »und du?«

»Und ich zähle die lieben Worte, die du mir gesagt hast, aber ich bin noch immer nicht bei eins angekommen. Vielleicht kannst du mir ein Wort sagen, damit ich nicht bei einer so lächerlichen Summe bleibe?«

»Wer mitten im Sommer Schnee vom Himmel fallen

lässt«, sagt er, »kann auch ein warmes Wort aus meiner gefrorenen Kehle holen.«

»Das hör ich gern«, ermutige ich ihn.

»Ich liebte dich, als du geboren wurdest.« Er strengt sich an. »Ich liebte dich, als du ein Jahr, zwei Jahre, drei Jahre alt warst. Ich weiß noch den Moment, an dem ich aufgehört habe, dich zu lieben. Da warst du genau zwölfeinhalb.«

»Nur so kurze Zeit hast du mich geliebt?«

»Kurz?« Er staunt. »Zeig mir einen Mann, der eine Frau zwölfeinhalb Jahre am Stück liebt. Zeig mir eine Frau, die einen Mann zwölfeinhalb Jahre am Stück liebt. Und mehr noch, zeig mir eine Mutter, die ihre Kinder so lange liebt. Sogar du, die große Heldin, hast es nicht geschafft, deine Tochter länger als fünf Jahre zu lieben.«

Ich, ich besaß schon so eine Ruhe, die nur die Allerdümmsten verstanden. Es war wie die Stille nach einem dreißigjährigen Bombardement. Das Einzige, wonach ich mich sehnte, war der Lebensmittelladen. Früher bin ich allein in den Laden gegangen! Einfach so! Ich hab einen langen Mantel angezogen und mir einen Schirm über die Schulter gehängt. Alle Ameisen waren entsetzt, wenn ich zum Lebensmittelladen ging. Stundenlang stand ich vor den Regalen, stellte mir vor, welch ein Glücksgefühl dieser weiße Joghurt mir bereiten würde, der Reis. Jedes Reiskorn war das größte Versprechen, das man mir je gegeben hatte. An der Flasche mit dem Olivenöl zerbrach ich. Meine ganze Gesundheit war in diese Flasche gekrochen und blickte mich wie ein Goldfisch aus ihr an. Ich türmte Waren neben der Kasse auf, und sobald ich bezahlt hatte, stellte ich alles wieder zurück. Vielleicht ein sonderbarer Brauch, aber einen anderen kannte ich nicht. Was ich dann wirklich von dort mitnahm, klaute ich. In den großen Taschen des Mantels ließ ich ein rosa Kaugummi für das Mädchen verschwinden, Zigaretten, Schokolade, und machte mich auf und davon. Mein Mann wunderte sich. »Wie kommt es, dass du für so wenig so viel bezahlst?« Aber ich wusste, ich konnte ihm das Prinzip nicht erklären. Wie alles hatte es Vorteile und Nachteile, und es ist nicht an mir zu entscheiden, was überwog.

Die zweite Sache, nach der ich mich manchmal sehnte, war die Zeit, als der Geliebte Geliebter war. Manchmal erschien es mir wie ein einziger Tag, aber manchmal auch wie Jahre. Ich liebte sogar sein Klopfen an der Tür! Ich staunte. Was kann man schon an einem Klopfen an der Tür lieben? Ich mochte seine Schritte, lang und leise. Was kann man schon an langen, leisen Schritten lieben? Aber diese Schritte, die ihn zu mir führten, waren auch die Schritte, die ihn von mir wegtrugen. Der Fuß, mit dem er streichelte, war der Fuß, mit dem er trat. So einfach war das. Und so aussichtslos.

Manchmal stellte ich mir selbst Rätsel. Ich fragte dann: »Was macht einen Hauskater zu einem Straßenkater? Wenn er eine Nacht draußen lebt, ist er dann schon ein Straßenkater? Oder zwei Nächte oder eine ganze Woche?

Wenn sein Jaulen länger wird, traurig wie eine Sirene, oder wenn sein helles Fell schwarz wird?«, und dann schaute ich ihn mir an und sagte: »Das ist ein furchtbarer Irrtum. Das ist überhaupt nicht mein Kater.«

Eine andere Frage, die mich manchmal beschäftigte, war: Wie viel Zeit braucht man, um den zweiten Strumpf zu finden. Diese Frage war sogar noch schwieriger als die erste, denn es gab zu viele Antworten.

Einmal, ich erinnere mich, ging ich im Depot die Treppe hinunter, mit einem Strumpf des Mädchens in der Hand. Damals wusste ich schon, dass sehr bald eine andere Frau diese Treppen hinunterschweben würde. Dieses Wissen schwächte mich so sehr, dass ich ausrutschte. Da verstand ich, den anderen Strumpf wird bereits die andere Frau finden, die hier wohnen wird, aber sie wird keine Ahnung haben von der weichen Fußsohle, von den flachen Zehennägeln, von den prallen Zehen und dem Honigduft ihres Schweißes.

Eines Abends, als es so aussah, als neige sich dieser sonderbare Sommer langsam dem Ende zu, als beginne der Schnee, der mich bedeckte, zu schmelzen, dachte ich an El li Ee Be Ee. Ich dachte an die mutige Hand, die ich eines Tages mit beiden Händen festhalten würde. Ich dachte an die guten Worte, die aus dem Mund meines Gegenübers direkt zu mir kämen. Ich wusste noch nicht einmal, ob es eine Erinnerung war oder ein Traum. Anzunehmen, dachte ich mir, dass mir das schon mehr als einmal passiert ist. Als ich jung war, als ich schön war, als mein Haar Männern den Schlaf raubte. Anzunehmen, dass es viele mutige Hände gegeben hat, die bereit gewesen waren, zwischen meine Hände zu fahren. Aber wenn das schon einmal passiert war, woher dann diese enorme Erwartung?

Ich bin mit El Ii Ee Be Ee nie zurechtgekommen. Für mich war das eine stinkende Verbindung von Schweiß und Sperma, Stechen im Bauch vom Ärger und Kopfschmerzen vom Weinen. Ich hab schon mit zwölfeinhalb gesagt: »Vielen Dank, meine Herrschaften, das ist nichts für mich.«

Stimmt, ja, ich habe mich einmal von dem Ex-Liebhaber und einmal von dem Geliebten mitreißen lassen, es stimmt, ja, dass sogar der Ehemann mich ein oder zwei Schritte lang mitgerissen hat, aber all das geschah eher aus Feindschaft als aus Liebe. Der Mann aber, an den ich in jener Nacht dachte, als der Schnee zu schmelzen begann, war meiner Liebe würdig, obwohl ich ihn noch nie gesehen hatte und auch wusste, dass ich ihn nie sehen würde.

Ich wusste, es wäre mein größtes Unglück, jetzt plötzlich aus dem Schnee zu sprießen und aufzublühen, und trotzdem konnte ich mich nicht beherrschen. Ich riss die Augen auf, so weit ich nur konnte, und sagte zu ihm: »Gib mir deine mutige Hand.«

Vielleicht war auch er bloß ein Schneemann, der zu schmelzen begann. Das Lächeln fiel ihm eindeutig nicht leicht, doch mir zerriss es das Gesicht. Es war, als begänne die Erde plötzlich zu lächeln. Klar, dass dann alles, was auf ihr ist, Bäume, Blumen, Häuser, zu wackeln beginnt.

»Dieser Riss in der Erde«, sage ich zu ihm, »ist so viel kleiner als der Riss in meiner Seele, aber keine Angst, ich werde dir nichts davon erzählen. Nicht von meiner Operation und nicht von meinem Mädchen und nicht von dem glühenden Brei, der mein Leben genannt wird. Alles, was ich will, alles, wovon ich träume, ist, mit dir diese Sache auszuprobieren, die allen so leichtfällt, von der alle die ganze Zeit reden: El li Ee Be Ee.«

Auch als er nicht antwortet, sorg ich mich nicht, denn je schwerer es einem fällt, gute Worte zu sagen, umso besser. Ich zum Beispiel habe so viele Schwüre und Versprechungen verstreut, dass sie die Zeit nicht wert waren, die ich brauchte, um sie auszusprechen, und da find ich es ermutigend, einen Mann zu sehen, der nicht in der Lage ist, irgendetwas zu versprechen, noch nicht mal ein Lächeln. Aber seinen Arm hat er mir gegeben, und den halte ich von beiden Seiten so fest, wie man ein Paddel hält, bewege ihn nach hier und nach dort und paddle die eisglatte Straße hinunter.

»Bin ich für dich geboren, oder bin ich für dich gestorben?«, frag ich ihn. »Hab ich für dich geboren oder für dich mein Mädchen verloren? Hab ich für dich geheiratet oder mich für dich scheiden lassen? Vielleicht tut das nichts zur Sache, aber ich habe den Eindruck, wer mir die Fingernägel auf die Finger geklebt hat, hat an dich gedacht. Und gewiss, wer mir die Wimpern an die Augen geklebt hat und Nippel an die Brüste. All diese letzten Feinheiten, die früher mal so schön waren, sind für dich.«

Seine Farbe wechselt zu einem edlen Dunkelblau, und ich weiß, meine Liebe wird ihn von der seltenen Blutkrankheit heilen, die ihn plötzlich befallen hat. »Wenn ich die Beine breit mache, wirst du ein goldenes Tor sehen«, versprech ich ihm, »ein goldenes Tor mit barocken Verzierungen. Vor lauter Süße wirst du Farben und Namen wechseln, und dein Blut wird plötzlich wieder fließen wie früher. Wie ein Fluss, den kein Damm halten kann.«

»In einem so glücklichen Moment«, sage ich ihm, »muss ich an den elendsten Moment denken, als die Zeit reif war, dem Mädchen die Wahrheit zu sagen. Denn die Wahrheit und ich, wir sind noch nie gut miteinander ausgekommen; schwer zu sagen, wer mehr Angst vor wem hatte, ich vor der Wahrheit oder sie vor mir. Immer wieder haben Leute ihre groben Beine zwischen uns gedrängt. Ich hab es nicht geschafft, Nein zu sagen, und sie hat es nicht geschafft, Ja zu sagen. Wie sollte dann jemand, etwa mein Vater, annehmen, dass sie und ich ausgerechnet jetzt miteinander auskommen können?«

Zu dieser Zeit hatte ich noch ein paar Freunde, und ich erinnere mich, alle sagten zu mir: »Du musst dem Mädchen sagen, dass du beschlossen hast, sie auszuliefern. Sie darf es nicht von jemand anderem erfahren.« Sie sagten: »Du musst ihr Zeit geben, sich daran zu gewöhnen.« Und ich sagte dann immer: »Ein ganzes Leben wird ihr nicht ausreichen, sich daran zu gewöhnen.«

Sie sagten immer wieder: »Deine einzige wirkliche Pflicht ist es, ihr die Wahrheit zu sagen.« Und es stellte sich heraus, ich hatte alles andere getan, nur das nicht. Ich habe sie gewickelt, ich habe sie gestillt, bin nachts und tagsüber aufgestanden und habe geweint, wenn sie krank war, und gestaunt, wenn sie sich erholte. Jeden Tag rannte ich atemlos in den Kindergarten und zurück, all die Tage tickte ich nach ihrer Uhr, immer in ihrem Rhythmus, nach ihrem Hunger, ihrer Müdigkeit. Bei dieser Anstrengung, meine Pflichten zu erfüllen, hab ich alle meine Haare verloren, und jetzt sagt Ihr mir, ich hätte nur eine Verpflichtung gehabt, und ausgerechnet der sei ich nicht nachgekommen.

»Auch in dem elendsten Moment«, erzähle ich ihm, »habe ich nur an Nebensächliches gedacht. In welchem Zimmer ich ihr die Wahrheit erzählen würde. Ob ich vor oder neben ihr sitzen würde, ob ich ihre Hand halten oder ihr Haar streicheln würde, ich habe mich gefragt, ob danach alles so bliebe oder ob nichts mehr so wäre wie davor. Würde dies der Moment sein, in dem mir die Haare ausgehen? In dem das gutartige Geschwulst bösartig würde? Und meine Schönheit, die immer grenzwertig war, hässlich?

Das Problem ist«, erkläre ich ihm in meinem glücklichen Moment mit ihm, »dass ich nicht genug Zeit hatte, ihr irgendwas zu erzählen. Jahrelang hab ich hin und her überlegt, in welchem Zimmer und wo, an welchem Tag und um welche Uhrzeit, vor oder nach dem Kindergarten, vor- oder nachmittags, und zum Schluss, du wirst es nicht glauben, verschwand sie, noch bevor ich mich entscheiden konnte.«

Er zuckt zurück, aber seine Hand ist noch bei mir; sie erinnert mich plötzlich an die riesige Hand des Geburtshelfers.

»Bist du der Geburtshelfer?«, frage ich ihn, schockiert über diese Möglichkeit. »So viele Jahre sind vergangen. Deine Zwillinge sind bestimmt schon gestorben, in biblischem Alter. Ich hoffe, sie hatten einen Tod, leicht wie ein Kuss. Sie haben es verdient, Sommer und Winter, deine schönen Zwillingsmädchen, die das ganze Glück der Welt an sich rissen und meinem Mädchen nur einen trockenen Knochen übrig ließen. Ich, ich bin der trockene Knochen«, sage ich ihm, »sieh doch, was aus mir geworden ist.

Was hast du zwischen meinen Beinen gesehen?«, frage ich ihn. »An jenem Tag, als das Mädchen da feststeckte? Nicht runterschlucken und nicht ausspucken konnt ich sie, und ich wusste, ich kann mich nur auf dich verlassen, nur du würdest entscheiden, was aus ihr wird, wenn du sie rausholst, wird sie rauskommen, und wenn du sie zurücktust, wird sie zurückkehren, und du warst der Erste, der sah, wie das schwarze Haar des Mädchens zwischen meinen Schenkeln weiß wurde, und ich beteuerte die ganze Zeit: ›Das war ein Versehen, das war ein Versehen.‹«

Ich wusste, deine Zwillinge würden auch ohne dich

glücklich sein, denn sie waren dazu bestimmt, glücklich zu sein, und ich wusste, auch ich würde mit dir elend sein, und dieses Wissen gab mir die Kraft zu tun, was ich getan habe.

»Du fragst, was ich getan habe? Hast du nicht gemerkt, dass ich auf dich verzichtet habe? Jetzt streit nicht mit mir rum, auf dich hab ich verzichtet, nicht auf sie. Ich vergesse nicht, dass du und die andern, dass ihr die ganze Zeit in mich gekommen seid, aber sie war die Einzige, die aus mir rausgekommen ist. Einer kommt in mich rein, einer kommt raus, das ist nicht dasselbe. Meine Entscheidung hätte eindeutiger sein müssen: Wollte ich, dass man in mich rein- oder aus mir rauskommt?«

Meine Trauer dauert ihn. Kein Wort kommt über seine blauen Lippen. »Was für eine Mühe das für mich war«, sag ich zu ihm, »mich aus dem Schnee zu befreien, mich wieder ans Sprechen zu gewöhnen, und all das, um zu hören, dass die Welt sich in zwei Lager teilt und ich auf der falschen Seite gelandet bin.«

Wessen Tochter bin ich, frage ich mich, nachdem der Schneemann geschmolzen ist. Bin ich die Tochter meiner Eltern, auch nachdem sie sich von mir abgewandt haben, oder bin ich ganz allgemein Tochter, Niemandstochter, Jedermannstochter? Wessen Frau bin ich, frage ich mich, bin ich Frau, auch wenn mein Mann nicht mehr mein Mann ist, bin ich Jedermannsfrau, die Frau aller Männer, die mir eilig entgegenkommen und nicht wissen, dass ich ihre Frau bin, die einzige Frau, die für sie bestimmt ist?

Wessen Mutter bin ich, frage ich mich, bin ich ihre Mutter oder die Mutter des großen Teddys, den sie zurückgelassen hat? Bin ich Mutter, auch wenn sie weit weg ist, in den Armen anderer? Endete meine Mutterschaft an dem Tag, an dem sie weggenommen wurde, und werd ich ihr, wenn sie zu mir zurückkommen wird, wie eine frisch reparierte Uhr entgegenticken?

Jedes Kind weiß, wenn einem etwas wehtut, will man, dass die, die man am meisten liebt, um einen sind, und auch ich will das, aber ich liebe schon niemanden mehr. Manchmal schreib ich Listen, wie Einkaufslisten von allem, was ich verloren habe, das Wichtigste zuerst oder in alphabetischer Reihenfolge. Ich liege im schmelzenden Schnee und suche, wem ich die Schuld geben kann. Ich liege im Schnee, erbreche mich und fluche. Über den Geliebten sage ich: »Ein Federbett sollte man aus ihm machen, am heißesten Tag des Jahres, dann würde mich jeder verstehen, der unter ihm schwitzt.« Mit dem Ex-Liebhaber habe ich Erbarmen. Ich sage: »Der hat seine Strafe schon bekommen. Ich maße mir nicht an zu entscheiden, ob er noch etwas verdient hat.«

Die Einzige, die unklar davonkommt, ist das Mädchen. Was war das Mädchen, frage ich mich immer wieder, war sie meine kleine, feuchte, durchsichtige, arglose Geliebte, oder war sie die Nadel in meinem Leben, die mit einem Stich alles zum Platzen brachte und mir nichts übrig ließ?

Immer haben wir uns zu dritt von einem Ort zum andern geschleppt, erinnere ich mich, in dem dunklen Auto mit Taschen und Körben, immer mit einer furchtbaren Müdigkeit. Immer ist sie auf mir eingeschlafen, auf dem Hintersitz, und hat mir den Hals schief gedrückt, mir den Blick aus dem Fenster verstellt. Immer hat einer geschimpft und der andere beschwichtigt, immer war einer schuldig, und der andere hatte recht, und die Sonne hielt nie länger als eine viertel Stunde.

Immer umgab sie Hitze, erinnere ich mich. Sie verstrahlte eine Wärme wie ein Ofen. Im Winter war das nützlich, aber im Sommer? Wer will mir vorwerfen, dass ich immer schnell in ein andres Zimmer gehen wollte?

Als sie ein Baby war, kam mal eine Freundin, um sie zu sehen. Wir saßen neben ihrem Bett und schauten sie an, als wären wir im Museum. Ihr Gesicht war herzförmig, und jedes Glied passte genau zum andern. Sie lächelte meine Freundin an, und die stand auf und begann, sie durchzuwalken wie einen Teig.

»Was soll das?«, wunderte ich mich. »Was machst du da mit ihr?«

»Babys brauchen solche Berührungen«, sagte die Freundin, »Umarmungen und Küsse und Streicheln.«

»Das wusste ich nicht«, rechtfertigte ich mich, »ich wusste nicht, dass ich sie anfassen muss.«

Meine Freundin schaute mich entsetzt an, aber als sie das Baby wieder ins Bett legte, sah ich an ihren Armen die Verbrennungsblasen, und keiner kann mir erzählen, sie habe die schon vorher gehabt.

Immer umgab sie eine Traurigkeit, erinnere ich mich. Nicht ihr Weinen, sondern gerade ihr Lachen machte mich traurig. Ihre geradezu schändliche Freude. Dass sie es wagte, so anpassungsfähig zu sein und argloser als alle ihre Puppen.

Immer umgab sie ein Dunkel, erinnere ich mich, keine Glühbirne hat es neben ihr ausgehalten. Sie brannten alle durch, eine nach der andern. Ich wusste nie, wie sie genau aussieht. Ich habe sie mit der Taschenlampe angeleuchtet, wollte sehen, welche Farbe ihre Augen haben, und die Taschenlampe verlosch. Wer will mir vorwerfen, dass ich mich an die grundlegendsten Dinge nicht erinnere.

Wenn man mich zu ihr verhören würde, würde ich nur davon erzählen. Kein Wunder, dass sie mir nicht glauben würden.

Immer umgaben sie Lügen, erinnere ich mich. Sie glaubte, ich sei gesund, aber im Grunde war ich krank. Sie glaubte, ich sei jung, aber im Grunde war ich schon zu alt, um sie noch zu gebären. Sie glaubte, sie sei unser Kind, aber im Grunde hatten wir, mein Mann und ich, sie aus dem prächtigen Haus des Geburtshelfers entführt. Ob sie

Winter oder Sommer war, das werden wir nie erfahren. Sie war eine der Zwillingstöchter des Geburtshelfers, der seine Frau mit riesigen Händen entbunden und nicht gewusst hatte, wohin mit seinem Glück.

»Das ist nicht fair«, hatte ich damals zu meinem Mann gesagt, »dass diesem Betrüger doppeltes Glück beschert ist, und wir gehen kinderlos aus.« Ich hatte nicht erwartet, dass er zustimmen würde, aber er musste es sich noch nicht einmal überlegen. Es war die heißeste Nacht in jenem Jahr gewesen, und ich wählte das schönere der Zwillingsmädchen und holte es aus seinem rosa Bettchen. Auf dem Rückweg, als sie mir in den Händen brannte, beschloss ich, sie Sommer zu nennen. Mein Mann hat es aus Liebe getan. Ich aus Rache an dem Geburtshelfer. Kein Mann, hatte ich mir damals gesagt, kein Mann wird es noch mal wagen, seine Riesenhände in mich reinzuschieben und dort eine Puppe ohne Lebensodem herauszuholen. Ab jetzt werden sie sich in Acht nehmen.

Ich hatte gehofft, mit dem Geburtshelfer lange Verhandlungen führen zu können. Hatte gehofft, in Cafés und Hotels mit ihm zu verhandeln, hier im Land und im Ausland, vielleicht würde er bereit sein, seine Frau zu verlassen und mich zu heiraten, doch er hat mich noch nicht mal erkannt.

Einmal nämlich, als ich bereits den Mut hatte, mit ihr im Wagen draußen spazieren zu gehen, traf ich ihn zufällig im Park, und auch er schob einen Kinderwagen vor sich her. Schon als er näher kam, strahlten aus beiden Kinderwagen zwei völlig identische Babys. Er lächelte unbeteiligt und ging einfach weiter. Ich blieb stehen und stand bestimmt eine Stunde so da. Die Kränkung hatte mir die Beine verriegelt. Selbst um seine Zwillingstochter zurückzubekommen, würde er mich nicht ansprechen?

Als ich endlich begriff, wie töricht dieser Schritt gewesen war, verliebte sich mein Mann in das Mädchen und war nicht mehr bereit, sie zurückzugeben. »Du hast deine Geliebten«, sagte er immer, »und ich habe sie.«

Als ich mir sicher bin, dass mir überhaupt nichts mehr, nichts Gutes und nichts Schlechtes mehr passieren wird, dass die Zukunft und ich zwei völlig gegensätzliche Dinge sind, setze ich mich auf den Zebrastreifen und versuche, über die Vergangenheit nachzudenken. Die Vergangenheit und ich, wir ergänzen uns, sage ich mir. Ich hab sie weggeworfen, und sie hat mich weggeworfen. Ich hab sie in den Rücken gestochen, und sie hat mich erstochen, und dennoch wird niemand mich sagen hören, dass die Vergangenheit und ich uns bekämpfen. Mit der Zukunft hab ich gekämpft, bis mir die Kraft ausging, die Gegenwart hat mit mir gekämpft, bis ihr die Kraft ausging, aber die Vergangenheit hat mich immer verstanden, und ich sie. Jetzt, wo ich hier ganz allein bin – wer kommt mich da besuchen, wenn nicht sie? Als sie sich nähert, sehe ich, sie kommt mit beinah leeren Händen an, und ich bin überrascht und enttäuscht, schaue auf ihren kleinen Beutel und sage: »Das ist alles?« Aber als sie ihn öffnet, ergießt sich daraus das süße und bedrohliche Summen der Bienen, das mich über Jahre jeden Morgen weckte, das Bienensummen aus dem Zimmer des Mädchens, das stundenlang anhielt. Auch wenn ich den Kopf unter die Decke steckte oder Stöpsel in die Ohren steckte, wurde es nicht schwächer, sondern noch stärker. Ab dem Moment, in dem sie die Augen aufschlug, bis sie sie wieder schloss, wurde es immer stärker, sodass ich ganz vergaß, dass es noch andere Geräusche auf der Welt gab. Wenn ich dieses Summen jetzt höre, weine ich vor Sehnsucht und Reue, und ich flehe sie an: »Nimm mich mit, bring mich zu ihnen zurück.«

Als ich von ihnen weggegangen war, hatte ich eine Haarbürste und eine Zahnbürste mitgenommen, ein Paket Knäckebrot und eine Packung Weizenschrot. Ich hatte gewusst, mehr würde ich nicht brauchen. Trotzdem war der Koffer schwer gewesen, die Wolken hingen niedrig, die Sonne war untergegangen, und niemand rief mich zurück. Ich wusste, die Stimme des Mädchens würde immer mehr zerbröseln, bis mich nur noch winzige Teilchen von ihr erreichen würden. Dennoch nahm ich Ohrstöpsel mit. Vielleicht war der Koffer deshalb so schwer, weil ich ihn mit Ohrstöpseln der feinsten Sorte aufgefüllt hatte.

Als ich von ihnen wegging, nahm ich einen roten Ballon, damit der besondere Bus, den ich bestellt hatte, mich erkennen und an der Haltestelle anhalten würde. Ich nahm einen violetten Ballon mit, damit sie wüssten, dass ich elend bin, und einen gelben, damit sie wüssten, dass ich keine Hoffnung mehr habe. Das muss am Tag vor ihrem Geburtstag gewesen sein, denn mein Ex-Mann hatte das Depot mit bunten Ballons gefüllt. »Sie wird es nicht merken, wenn drei fehlen«, sagte ich zu ihm und nahm sechs. Einen weißen, damit sie wüssten, dass ich verloren bin. Einen schwarzen, damit sie wüssten, dass ich gefährlich bin. Einen blauen, damit sie wüssten, dass ich zu viel Fantasie habe.

An der verlassenen Bushaltestelle, an der ich mit den sechs Ballons in der Hand stand, hielten alle Busse schwer und traurig an, die Fahrer stiegen einer nach dem andern aus und bedeckten die Haltestelle mit Kränzen. Ich wusste, gleich würde mein Ex-Mann mit dem Mädchen vom Kindergarten nach Hause kommen, und die honigklebrigen Teppiche würden sie böse anlächeln. Ich wusste, die Ballons würden einer nach dem andern in dem Moment zerplatzen, in dem das Mädchen sie anschauen würde.

An dem letzten Bus, der schließlich neben mir anhielt, hing ein Schild, »Letzter Bus«, und ich stieg ein, brach mit meinem schweren Koffer fast zusammen und sank auf die erste Bank. »Ich bin der letzte Fahrer«, stellte der Fahrer sich vor, »und Sie sind, wenn ich das richtig verstehe, der letzte Fahrgast.«

Statt zu antworten, winkte ich mit dem roten Ballon. Er verstand und gab Gas. Unterhalb von uns, in der entgegengesetzten Richtung, fuhren mein Mann und das Mädchen auf dem Heimweg vom Kindergarten den kahlen Berg hinunter. Sie haben mich nicht gesehen, und ich habe sie nicht gesehen. Die markerschütternden Schreie haben wir nicht gehört, ich ihre nicht und sie nicht meine. Durch die zugestöpselten Ohren drangen nur Splitter von Stimmen, die sich zu nichts zusammenfügten.

Wie lang wird das Mädchen brauchen, um mich zu vergessen, überlegte ich mir auf der Bank im Bus. Wenn sie ihren Schäfchenschlaf auf der Matte schläft und ihre weiche Haut die Gerüche von Milch und Asche aufsaugt, ihre Augen hinter den Lidern die Farbe wechseln, Sommer und Winter, Frühling und Herbst um sie herumtanzen und ihr argloses Lächeln umringen.

Die Geräusche des nächsten Morgens werde ich nicht mehr hören. Sie wird fast weinen, aber er wird ihr Weinen auffangen, und sie werden wie weiche Spielzeugbären zusammen durch die Zimmer tanzen, vom Spülbecken zum Kleiderschrank, vom Schrank in die Küche, werden sich gegenseitig umarmen, muskellos, knochenlos, ineinander verflochten wie Zöpfe, in einer Wolke von Bienensummen.

Wie lang wird sie brauchen, die Morgenstunden zu vergessen, in denen ich halb tot mit ihnen getanzt habe, schwer atmend, eine Bärin, die keinen Honig mag. Sie wird meinen Geruch vergessen, und ich, die ich sie Morgen für Morgen gesehen habe, so oft, dass ich schon vergaß, wie sie aussah, werde auf der Bank des Busses zusammenbrechen, werde die ganze Milch, die ich noch für sie aufbewahrt habe, erbrechen, und zu den riesigen Beinen des Fahrers kriechend, werde ich kreischen: »Ich will mein Haus wiederhaben und meine Familie!«

»Wer hat den Code verraten?«, fragt er erstaunt, stoppt den Bus und schaut mich an. »Normalerweise kommen meine Fahrgäste erst nach Monaten ununterbrochenen Fahrens darauf, und Sie haben ihn schon nach ein paar Stunden. Alle Achtung«, sagt er, »Sie haben eine gute Auffassungsgabe.«

»Ich habe ein gutes Mädchen«, sage ich stolz, »und einen guten Mann, und nur ein unerklärlicher Wahn hat mich dazu gebracht, Sie anzurufen und zu bitten, mich von ihnen wegzuholen. Mein Mann, das werden Sie nicht glauben, ist zu Hause hässlich und draußen schön. Haben Sie schon mal von so einem Ehemann gehört? Wenn ich mit ihm rede, ziehen sich meine Brüste zusammen, als hätte ich mich noch nicht entwickelt, und nur wenn er aus dem Haus geht, wachsen sie wieder neu. Haben Sie schon mal von solchen Wundern gehört?«

»Nein«, gesteht er, »klingt aber interessant.«

»Interessant?!« Ich werde wütend. »Tödlich langweilig ist das! Am Ende des Tages habe ich schon keine Lebensgeister mehr. Begrabe mich im Bett bis zum Morgen. Habe schon Jahre keinen Traum zu Ende geträumt. Jahre nicht den Kopf gewaschen. Sehen Sie meine Haare, die reichen mir bis zu den Knien. Schon Jahre hatte ich nicht die Kraft, zum Friseur zu gehen.«

»Was für Haare? Sie haben kein einziges Haar an sich.«

Meine Hand betastet zitternd meinen kahlen Kopf. Er hat recht. Von der ganzen Fülle ist nichts geblieben. Sofort nehme ich ihm seine graue Strickmütze weg und ziehe sie über meine Glatze.

»Geht das allen so?«, frag ich ihn, und meine Stimme zittert, ich versuche, mich mit ihm anzufreunden. Er ist der Einzige, der noch bezeugen kann, dass ich mal ein Zuhause hatte, eine Familie, dass im unteren Geschoss mein Mädchen schlief und von Bräuten träumte und neben ihr auf der Matte der Ehemann saß und die Finger und Zehen zählte.

»Mit der Zeit macht das jeder durch, aber bei Ihnen geht alles viel schneller. Sehen Sie nicht die Haufen von Haaren am Straßenrand?«

Ich dachte, das seien Maulwurfshügel, aber ich habe mich geirrt. Meistens irre ich mich. Da waren gepflügte Felder, flache Täler, Sträucher, alles aus Haar.

»Sind wir schon hinter der Grenze?«

»Gewiss«, sagt er und zeigt auf eine Gruppe Soldaten am Straßenrand, »wir haben unser Ziel erreicht. Sie werden bereits erwartet.«

Als ich aussteige und den schweren Koffer hinter mir herziehe, weiß ich nicht, ob ich verloren oder gewonnen habe, ob ich hier Gefangene bin oder Gast. Ich bin nur damit beschäftigt, mühsam alle Details meines letzten Morgens mit ihnen zu rekonstruieren. Wer hat mit wem getanzt, wer hat wen gekämmt, wer fiel als Erster hin, wer ging als Erster, wer blieb zum Schluss übrig.

Unsicher lächle ich die Soldaten an, zerstreut und

auf einen Schlag hässlich. Der Kittel, den sie mir geben, umhüllt mich wie eine Decke. Plötzlich packen sie mich, einer links, einer rechts, zählen sehr gründlich meine Finger und meine Zehen und berichten dem Kommandanten. Als er zu mir kommt, sind seine Augen feucht, als habe er geweint, und mit hörbar bewegter Stimme will er alles über den letzten Morgen wissen. »Wer hat mit wem getanzt«, fragt er, »und wer hat wen gekämmt, wer ist als Erster hingefallen, wer ist als Erster gegangen, wer blieb zum Schluss übrig?«

Als ich nicht antworte, setzt er sich zu mir auf ein Hügelchen Haare. »Ich verstehe, dass Ihnen das schwerfällt«, murmelt er, »und es ist mir wichtig, dass Sie wissen: Ich schätze sehr hoch, was Sie für uns getan haben.«

»Was hab ich schon getan?« Jetzt spiele ich alles runter. »Letztlich hab ich nur einen Ort verlassen, an dem man mich nicht wollte. Habe ein Haus verlassen, in dem es unmöglich war zu schlafen, weil der morgendliche Tanz schon mitten in der Nacht begann.«

»Ich habe noch eine Frage an Sie«, seine Stimme klingt wieder fester, »die beschäftigt uns schon lange. Woran haben Sie gedacht, als Sie den Geliebten das erste Mal trafen?«

Auch ich sammle mich sofort. »Woran ich gedacht habe?« Seine Frage überrascht mich. »Ich habe genau an das gedacht, woran alle Frauen denken, wenn sie ihre Geliebten treffen. Nicht an einzelne Socken, nicht an die

Liste für den Einkauf. Ich habe selbstverständlich an die jüdischen Feste gedacht.«

»An die jüdischen Feste?« Nun ist er überrascht. »Was heißt das?«

»An alle Feste habe ich gedacht. Von den kleinsten bis zu den großen. Eins nach dem andern bin ich sie in der Erinnerung durchgegangen. Ich dachte an den Sederabend ohne das Mädchen. An das Laubhüttenfest ohne das Mädchen. An Chanukka ohne das Mädchen. An das Wochenfest ohne das Mädchen. Ans Neujahrsfest ohne das Mädchen. An Purim ohne das Mädchen. Glauben Sie mir, ich habe kein Fest ausgelassen.«

»Ich glaube Ihnen«, sagt er, »genau das haben wir auch von Ihnen erwartet, aber mein Kommandant glaubt Ihnen nicht, er möchte Ihnen noch weitere Fragen stellen.«

So, wie ich bin, mit dem Kittel und der Strickmütze, werde ich in einem gepanzerten Wagen zum Kommandanten des Kommandanten gefahren. Auf dem Weg sehen wir kleine Dörfer mit engen Hütten aus Haaren. »Bei uns ist es verboten, Familien zu gründen«, erklären mir die Soldaten, »bei uns gibt es nur Einzimmerhütten, es ist verboten, dass zwei Leute zusammenwohnen, und selbstverständlich ist es verboten, dass sie sich vermehren. Sollten sie schon gefrevelt und ein Kind zur Welt gebracht haben, wird das Baby sofort in eine andere Hütte gebracht und lebt dort allein.«

»Wie kann ein Baby allein leben?«, frage ich verstört.

»Kann es nicht«, gestehen die Soldaten, »das halten nicht viele durch.«

»Aber wozu? Wozu diese harten Bestimmungen? Warum sollen Leute nicht heiraten, Kinder kriegen, Familien gründen können, was ist daran so schlimm?«

Die Soldaten schauen mich an. Enttäuschung in ihren Augen. »Ausgerechnet Sie fragen das? Sie sind schließlich unsere Repräsentantin jenseits der Grenze. Sie sind unsre Spionin und wissen das nicht?«

»Ehrlich gesagt, nein.« Ich gestehe sofort. »Und ich habe den Eindruck, Sie übertreiben es ein bisschen. Ein Baby alleinlassen? So etwas würde ich nicht tun.«

»Wir wissen alles über Sie.« Sie blecken die Zähne. »Also, jetzt tun Sie nicht so unschuldig, Sie haben Ihrem Kind weitaus Schlimmeres angetan.«

Ich erschrecke. »Ich?! Ich habe doch eine andere Mutter für sie gefunden, die besser zu ihr passt. Eine Mutter im geblümten Kleid. Ist das so schlimm?«

»Unser Informant hat da etwas anderes berichtet«, brummen sie, »aber über all das werden Sie noch mit dem Kommandanten des Kommandanten reden.«

Als wir endlich bei ihm ankommen, erweist sich der Kommandant des Kommandanten als sehr viel weniger gesprächig. »Alles über die Familie«, verlangt er kurz und sachlich, »alles über den Ex-Mann, alles über das Ex-Mädchen, alles über das Sexleben.«

»Der Ex-Mann isst allein in Restaurants«, murmle ich, »geht allein ins Kino. Sein Bauch wird in dem Maße größer, in dem sein Kummer wächst. Er hat keinen, mit dem er reden kann, und nichts, worüber er reden könnte. Alleine blüht er. Alleine verwelkt er. Manchmal ist er Mann, manchmal Frau. Manchmal ist er Vater, manchmal Mutter. Was kann ich Ihnen sonst noch über den Ex-Mann erzählen?«

»Alles über das Mädchen«, zischt der Kommandant.

»Genau dasselbe«, murmle ich. »Der Unterschied zwischen ihnen scheint nur so. Das Mädchen isst allein in Restaurants, geht allein ins Kino. Ihr Bauch wird größer in dem Maße, in dem ihr Kummer wächst. Sie hat keinen, mit dem sie reden kann, und nichts, worüber sie reden könnte. Alleine blüht sie. Alleine verwelkt sie. Was kann ich Ihnen noch über das Mädchen erzählen?«

»Alles über das Geschlechtsleben.«

»Mit unserem Sexleben ist das so«, sage ich, »es gibt einen Fick zum Neujahrsfest, einen zu Jom Kippur und so weiter. Das Mädchen hab ich beim Pessach-Fick empfangen, der als der zuverlässigste gilt. Deshalb hab ich immer, wenn ich mit dem Geliebten gefickt habe, an den Sederabend gedacht. An den riesigen Tisch, das weiße Tischtuch, das sofort Weinflecken bekam, an das feierliche Gesicht meines Mannes, an meinen leeren Stuhl, meinen leeren Teller, mein leeres Weinglas.«

»Sie antworten nicht zur Sache«, sagt er zornig. »Warum kommen Sie nicht zum Orgasmus?«

»Warum ich nicht zum Orgasmus komme?« Ich versuche, Zeit zu schinden. »Vielleicht, weil ich erst gar nicht hingeh.«

»Und warum gehn Sie da nicht hin?«

»Wegen dem Sederabend an Pessach!«, schreie ich. Plötzlich hab ich genug von dieser Fragerei. »Wegen meinem leeren Stuhl, meinem leeren Teller, meinem leeren Glas!«

»Und ich dachte« – diesmal überrascht er mich wirklich – »das letzte Fest des Mädchens sei das Chanukkafest gewesen.«

»Das hab ich auch gedacht, aber was kann ich dafür, dass Sie sie mir ausgerechnet zurückbrachten, als dieser entsetzliche Sommer, in dem so viel Schnee fiel, vorbei war. Das Mädchen kehrte doppelt so traurig zurück, doppelt so zerbrechlich. Jede Umarmung von mir brach ihr einen Knochen, jedes Streicheln von mir zerkratzte ihre Haut. Sie kam plötzlich erwachsen zurück, so bitter wie meine Mutter.

Warum haben Sie sie überhaupt zurückgebracht, und das, nachdem ich die Prüfung der Trennung so vorbildlich bestanden, nachdem ich mit meiner Aufopferung auf den Zebrastreifen alle Erwartungen übertroffen hatte? Wer hat Sie darum gebeten, mich von Neuem zu zerbrechen, nachdem ich schon keinen einzigen heilen Knochen mehr hatte?«

»Es geht hier nicht um unsere Erwägungen. Tatsache ist, dass Sie eine letzte Chance bekamen, die Sie nicht genutzt haben.«

»Das nennen Sie Chance!«, schreie ich. »Wo die beiden noch nicht mal ein Krümelchen Liebe zu mir übrig hatten? Wo sie einen Wettbewerb machten, wer mich am meisten hasste? Sie oder der Ehemann, ganz zu schweigen von den Eltern? Wissen Sie, wie das ist, ein Gesicht zu sehen, das dir gegenüber mal weich war und jetzt scharf ist wie ein Messer? Wissen Sie, wie das ist, einem Behinderten seine Krücken zu nehmen, einem Blinden seinen Hund, einem Tauben sein Hörgerät? Wissen Sie, wie das ist, ein Baby alleinzulassen, ihm zu sagen: ›Ab jetzt sorg für dich selbst‹? Denn genau das haben sie doch mit mir getan; und zwar alle, auf einen Schlag, sie haben mich vollkommen allein zurückgelassen und sind abgehaun. Auf einmal verspürten alle den Drang, neu anzufangen, packten emsig, und ich, die ich das Zentrum ihres Lebens gewesen war, blieb allein zurück, und das alles Ihretwegen. Glauben Sie nicht, ich wüsste nicht, dass das alles Ihretwegen passiert ist.«

»Denken Sie, ich merke nicht, dass Sie sich immer mehr in Widersprüche verstricken?«, sagt er. »Sie weigern sich zu kooperieren, aber damit fügen Sie sich selbst und uns großen Schaden zu.«

Jetzt wird mir Angst. »Ich bin doch bereit zu kooperieren. Geben Sie mir noch eine Chance, und Sie werden sehen.«

»Bei uns gibt es keine zweite Chance«, sagt er.

»Lassen Sie mich in Schuluniform rumlaufen«, bitte ich ihn, »Jeans und eine hellblaue Bluse, wie als Gymnasiastin, Sie werden sehen, wie ich mich ändern werde. Geben Sie mir Omelett und Salat zum Abendessen, und Sie werden sehen, wie ich aufblühe. Nennen Sie mich Varda, und Sie werden sehen, was aus mir werden wird. Wie das Mädchen möchte ich unbesorgt umherstreunen, am

Kiosk an der Ecke einen großen Sesamkringel kaufen und ihn mir um den Hals hängen, ohne Angst kauen und runterschlucken. Lassen Sie mich den Eltern vor dem Schlafengehen Gute Nacht sagen, ohne dass etwas Schlimmes passiert.

Lassen Sie mich, wenn die Sonne tief steht, müßig durch die Gegend schlendern und meinen Freundinnen kleine Geheimnisse erzählen; beieinander untergehakt wie eine Mauer, verteidigen wir unsere junge Weiblichkeit. Wir heißen alle Varda, und wir sind alle noch Jungfrau, wir alle haben eine junge Liebe und werden niemals alt werden. Lassen Sie mich herumlaufen, ungerührt wie eine Puppe, meine Brust rein und unbefleckt, mein Haar gekämmt, ich habe keine Vergangenheit, aber eine Zukunft, und es gibt nichts Schöneres als diese Zukunft, glauben Sie mir, noch nicht mal Varda hat so eine gehabt!«

»Bringt sie weg«, sagt er voll Abscheu, »sie hat ihre Glaubwürdigkeit verspielt.« Mit groben Händen packen mich die Soldaten, die vorher freundlich mit mir gesprochen haben, und werfen mich in den gepanzerten Wagen.

Ihr werdet nicht glauben, wie ich da rausgekommen bin. Ihr werdet bestimmt denken, ich hätte das mal wieder erfunden, und nur ich weiß: Es hat keinen anderen Weg gegeben, als aus dem fahrenden Auto zu springen und loszurennen. Es war eine kalte Nacht, und ich, die ich gehofft hatte, bei dem Sturz zu sterben, fand mich wieder, wie ich wie ein greiser Soldat marschierte. Ich hatte zu lange gelebt, spürte alle Verletzungen, die man mir in meinem ganzen elenden Leben zugefügt hatte.

Ich kannte die Wege im Land der Haare nicht, aber ich finde kleine Zeichen, nach einer Logik, die ich früher mal besaß. Ich sage mir: Wenn das Haar auf den Hügeln, den Büschen und den Dächern lichter wird, ist es ein Zeichen, dass ich mich der Grenze nähere. Unterwegs denke ich: Ein Glück, dass sie das große Geheimnis nicht aus mir herausgekriegt haben.

Dieser dumme, rüde Kommandant hat vergessen, mir die grundlegendste Frage zu stellen. Er hat mich noch nicht mal gefragt, woraus wir gemacht sind, und gerade auf diese Frage hätte ich eine Antwort parat gehabt. Der Körper des Ehemannes, hätte ich ihm erzählt, ist mit weicher weißer Watte gefüllt. Das ist gut und auch schlecht, das müssen Größere als ich entscheiden. Der Körper des Geliebten dagegen ist mit Kies gefüllt, und wenn er geht, hört man den Kies knirschen. Das Mädchen ist mit Honig und Milch gefüllt und von süßer Asche überzogen, und mein Körper besteht aus klebrigem Pappmaché und zerplatzten Luftballons. Sie müssen mir zustimmen, dass all diese verschiedenen Materialien eine Mischung ergeben, die absolut unzumutbar ist.

Als der Morgen dämmert, kommen Menschen aus den Hütten. Jeder hat eine durchsichtige Plastiktüte über den Kopf gezogen, über Gesicht und Glatze. In den Rand der Tüte ist ein feiner roter Faden eingefädelt.

»Was ist das?«, frage ich eine Frau, die über ihrem Mäusekörper einen riesigen Kittel trägt und deren Schädel unter der Plastiktüte glänzt.

»Haben Sie nicht gehört?«, wundert sie sich. »Das ist unsre neueste Erfindung hier. Die schnellste Art zu sterben. In dem Moment, wo jemand zerbricht und nicht mehr will, zieht er an diesem Faden, dann schließt sich die Tüte, und er stirbt.«

»Was Sie nicht sagen! So einfach und bequem, das ist ja genial.«

»Das sag ich ja auch«, sagt die Frau.

»Benutzen Sie das häufig?«

»Es ist zur einmaligen Benutzung«, erklärt sie, »und das passt uns sehr. Dauernd zerbrechen Leute, einfach so, mitten am Tag. Sie ziehen an dem Faden – und schon ist es vorbei.«

»Und was passiert dann?«

»Das Übliche«, sagt sie, »die übliche Beerdigung. Der Tote bekommt einen Müllbeutel mit seinem Haar und wird damit begraben. Manchmal sieht man bei einer Beerdigung zehn Leute, die den Faden ziehen, so verlängert sich die Beerdigung, das kann dann Tage dauern.«

»Sterben sie wirklich so einfach?«, wundere ich mich.

»Ja«, sagt sie, »die Leute bei uns sind schwach, sie haben fast alles verloren. Jeder hier hat zumindest ein Kind und einen Partner verloren. Jeder hat höchstens noch etwas Kleines, so klein wie ein Reiskorn, das ihm guttut. In dem Moment, wo sich auch dieses Reiskorn auflöst – zieht man den Faden.«

»Und Sie, wie ist das bei Ihnen?«, frage ich vorsichtig.

»Ich hab gestern fast gezogen«, sagt sie, »aber im letzten Moment hab ich mich daran erinnert, dass ich meinem Kind versprochen habe, irgendwann zu ihm zurückzukehren. Da sagte ich mir: Varda, halt das durch.«

»Auch ich heiße Varda«, sage ich erfreut.

»Jaja«, sagt sie, »wir haben alle dieselben Namen«, sie seufzt, »dieselben Kinder, dieselben Versprechen. Auch Sie versuchen bestimmt gerade, zu Ihrem Kind zurückzukehren.«

»So ist es«, sage ich stolz, »ich bin mitten aus dem Verhör beim obersten Kommandanten geflohen. Ich war immer eine hingebungsvolle Mutter, also kann mir keiner Vorhaltungen machen. Ich bin seit Mitternacht zu Fuß unterwegs und nehme an, die Grenze ist nicht mehr weit.«

Sie kichert, spielt mit dem Faden.

»Haben Sie vor, ihn zu ziehen?«, frage ich erschrocken.

»Das weiß man nicht im Voraus. Das ist ja das Tolle.«

»Ist die Grenze wirklich nah?«

»Keine Ahnung«, sagt sie, »kann sein, dass sie hinter dem Zaun unseres Dorfes verläuft, und vielleicht auch hinter dem Berg, aber wer weiß schon, wo der Berg ist und was einen überhaupt hinter der Grenze erwartet?«

»Ihr Kind!«, erinnere ich sie.

»Mein Kind?« Sie staunt. »Ich habe nie ein Kind gehabt. Kinder sind die Strafe für deine schlimmste Sünde, und ich habe nie gesündigt. Kinder sind die Belohnung für deine größte Barmherzigkeit, und ich habe nie einen Akt der Barmherzigkeit getan.«

»Aber Sie haben gesagt, dass Sie nur seinetwegen nicht den Faden ziehen«, rufe ich ihr in Erinnerung.

»Ich habe gesagt, ich würde nicht an dem Faden ziehen?!« Sie ist gekränkt. »Hier, schauen Sie doch, mit welcher Leichtigkeit ich ziehe.« In diesem Moment zieht sie ihn kräftig, bis die Plastiktüte sich wie ein Ballon aufbläht. Ihr Gesicht erstarrt. Im nächsten Moment sinkt sie am Wegrand zusammen, leicht, lautlos wie eine Feder.

Wie sie so daliegt, wird ihr Körper wieder voll, und sie wird schön und jünger, immer jünger, und viele Frauen und Männer in Kitteln versammeln sich um sie, werfen geflochtene Haarkränze auf sie. Dann zieht eine Frau nicht weit von mir an ihrem Faden, und auch sie sinkt zu Boden, und die ganze Menge bewegt sich zu ihr hin, Dutzende kahle Köpfe in Plastiktüten, und ich verschwinde schnell von dort, bevor noch jemand zerbricht, ohne Plastiktüte über dem Kopf, ohne die Möglichkeit, mit diesem Albtraum auf saubere Art Schluss zu machen, wie man so sagt.

Doch als ich einen letzten Blick auf diese schreckliche Menge werfe, sehe ich etwas, von dem ich mir wünschte, es nie gesehen zu haben. Ein kleines Mädchen hüpft da plötzlich vorbei, in einem kleinen Kittel und mit einer kleinen Plastiktüte über dem kleinen Kopf. Ich weiß sofort, von allen Kindern auf der Welt kann das nur mein Mädchen sein. Ich renne los, zu ihr, meine Arme zucken vor Sehnsucht, sie zu umarmen. Aber diese ganze Menge denkt genau dasselbe, aus allen Richtungen rennen Männer und Frauen mit zuckenden Armen zu ihr hin, jeder ruft sie mit anderen Namen, und sie steht verlegen da, erkennt niemanden, weiß nicht, zu wem sie gehen soll.

Plötzlich höre ich energische Schritte und sehe Soldaten in schwarzen Stiefeln, es sind mindestens zehn, sie nähern sich dem Mädchen im Gleichschritt. Sie bleibt stehen, das Gesicht, das ich so gut kenne, wird bleich, und mit ihrer kleinen weißen Hand mit den dicken Fingern greift sie ihren Faden und zieht.

Als sie fällt, schön wie eine Braut, fällt die ganze Menge zusammen mit ihr, sie klagen aus heiseren Kehlen, erbrechen ihr Weinen, und die Soldaten marschieren im Gleichschritt zurück. Einen Moment hab ich den Eindruck, sie marschieren zu mir, aber sie gehen weiter, und auch ich gehe mit ängstlichen Schritten weiter, es fällt mir schwer weiterzugehen, aber ich beschwöre mich immer wieder: Ich sah ein Mädchen mit Zöpfen wie ihren, mit einem Blick wie ihrem, mit Wangen wie ihren, mit Fingern wie ihren, aber es war nicht sie.

Erst als ich mich von dort entferne und das Geräusch ihres trockenen Klagens hinter mir lasse, verstehe ich, was sie von allen anderen unterschieden hat: ihr Haar. Ihr weißes Gesicht war mit glattem, glänzend schwarzem Haar geschmückt. Nicht wie diese verklumpten Haare, die ich auf dem Weg sah, die an Obstbäumen hingen und die Eingänge zu den Hütten schmückten, sondern richtiges, gesundes Haar, nicht aus dem Kontext gerissen. Hat man die Soldaten deshalb zu ihr geschickt? Musste ihr Leben deshalb enden?

Als ich mich von dort entferne, denke ich auch darüber nach, was mich von ihnen unterscheidet. Äußerlich wirkt es, als sei der ganze Unterschied diese Plastiktüte über dem Kopf, die mir fehlt, die bequeme Möglichkeit zu sterben, die mir vorenthalten wird. Doch ich weiß, es muss da noch einen größeren Unterschied geben. Sie sind alle mal gewesen wie ich, aber ich werde nicht sein wie sie. Ich werde nicht dortbleiben, schwöre ich mir, ich werde das Land der Haare verlassen und zu meinem Mädchen zurückkehren, so wie ich es versprochen habe, ich werde mir neue Haare wachsen lassen und nicht auf den Tod warten, um wieder schön zu sein. Doch je mehr ich mich beschwöre, umso mehr frage ich mich auch, warum ich mir da so sicher bin. Warum sollte ausgerechnet mir gelingen, was den Bewohnern des Dorfes nicht gelungen ist? Und vielleicht nicht nur denen in einem Dorf, sondern in Dutzenden von Dörfern, im ganzen Land der Haare? Ausgerechnet ich, die ich vom Leben so geschwächt wurde und die ich das Leben so geschwächt habe, ausgerechnet ich, der nichts mehr geblieben ist, ich, hinter der keiner mehr steht?

Indessen beginnt auf meinem Weg ein neues Dorf, und ich kenne schon die engen Hütten, in denen nur eine Person lebt, die verloschenen Blicke hinter den Plastiktüten, die sich plötzlich entzündende Wut, und dann ziehen sie den Faden und verändern sich auf einen Schlag. Diesmal bleibe ich nicht zu einem Gespräch stehen, sondern durchquere das kleine Dorf eilig und ziehe weiter. Doch in meinen schlimmsten Träumen habe ich nicht geahnt, dass ein dermaßen verängstigtes und hasserfülltes Paar Augen mich verfolgen könnte, von einer Hütte zur nächsten hüpfen, sich hinter Haarhäufchen und hinter vergammelnden Haarbäumen verstecken, Augen, die früher mal grün waren und nun farblos sind, die früher weich waren und nun spitzig sind. Erst als sie sich nirgends mehr verstecken können, als um mich herum nur noch eine riesige Haarebene ist, als noch nicht mal kriechen mehr helfen würde, steht aus der Erde der Körper auf, den ich vor so langer Zeit mit Küssen bedeckt habe, der dünne, kantige Körper des Geliebten.

Auch als er sich schon aufgerichtet hat, kann ich es nicht glauben und denke, vielleicht ist es ein Baum, der da durch die modrige Erde bricht. Er versucht, die trockenen Arme zu heben, aber da zerreißt sein Unterbauch, und ich sehe, wie der Kies aus ihm herausrieselt, und ich weiß, er ist es.

»Eine solche Null bist du, ein Schlappschwanz, du impotenter Sack!«, brüll ich ihn an. »Das letzte Mal hast du dich verstellt und den Alten gemimt, und als du gesehen hast, dass du auch damit bei mir durchkommst, bist du hierhergeflohen.«

»Ich bin ja nicht einfach so geflohen«, korrigiert er mich wütend, »ich hatte eine äußerst wichtige Mission.

Erinnerst du dich nicht, dass sie meine Mädchen entführt haben? Natürlich ziehe ich da aus, sie suchen!«

»Sie suchen? Nachdem du sie endlich los warst, musstest gerade du sie suchen gehen? Erinnerst du dich nicht, wie sie über dich hergefallen sind, wie sie dir alle Glieder ausgerissen haben, bis nichts mehr von dir übrig war?«

»Meine Töchter sind mir wichtiger als meine Glieder.« Jetzt spielt er den Unschuldigen. Ich meinte, von ihm auch ganz andere Erklärungen vernommen zu haben, aber das ist schon Jahre her, als unsere Liebe so hoch war wie ein Berg.

»Und, hast du sie gefunden?« Ich will es trotzdem wissen.

»Nein.« Er seufzt. »Es ist schwer, hier jemanden zu identifizieren, und inzwischen sind Jahre vergangen. Sie sind längst groß geworden, und die Erwachsenen hier sehen sich alle so ähnlich. Möglich, dass ich Dutzende Male an ihnen vorbeigegangen bin, und auch sie haben mich nicht erkannt, mit der Glatze und dem Kittel und alldem. Es kann aber auch sein, dass ich nur einmal an ihnen vorbeigegangen bin. Das ist ein riesiges Land, und die Zeit vergeht hier schnell. Auf einen Schlag ist man alt, das glaubst du gar nicht. All die Jahre, die ich hier bin, habe ich nur ein Mädchen gesehen. Sie hatte ein weißes Gesicht und schwarzes Haar. Sie ist hier oft rumgelaufen. Ab und zu hätte ich schwören können, dass es dein Mädchen ist.«

»Mein Mädchen ist mit seinem Papa im Tempel geblieben«, korrigiere ich ihn eilig, »und das Mädchen, von dem du sprichst, existiert nicht mehr.«

»Hat sie den Faden gezogen?«, fragt er schockiert, krümmt sich, sodass der ganze Kies aus ihm rausrieselt. »Wie furchtbar! Sie war die Hoffnung aller, Denkmal an ihre Kinder. Merkwürdig, dass du sagst, dein Mädchen sei im Tempel geblieben.« Jetzt wird er sadistisch. »Denn wenn sie jemandem ähnlich war, dann nur deinem Mädchen!«

»Warum hast du sie dann nicht gefragt? Warum hast du dich nicht um sie gekümmert?«

»Sie hätte mich nicht erkannt«, rechtfertigt er sich, »sogar du siehst mich schon seit Wochen und erkennst mich nicht, wie sollte sie mich da erkennen?«

»Seit Wochen?«

»Um nicht zu sagen, seit Jahren« bestätigt er. »Ich war bei allen deinen Verhören dabei. Du darfst die nicht unterschätzen, sie sind verdammt raffiniert; ich war dort, um zu bestätigen, was du sagst, oder um es zu widerlegen.«

»Und was hast du gesagt?«

»Ich hab gesagt, dass alles stimmt«, sagt er, »obwohl ich deine Version wirklich nicht mochte.«

»Und was ist deine Version?«, frage ich ärgerlich. Für einen Moment tut es mir leid, dass ich keinen Faden habe, mit dessen Ziehen ich dieses Gespräch beenden kann.

»Meine Version klingt etwas weniger unschuldig, bei mir ist die Verantwortung zumindest auf drei Menschen verteilt.«

»Die Verantwortung wofür?« Plötzlich erschrecke ich.

»Für alles, was passiert ist.«

»Ich erinnere mich nicht, dass etwas passiert ist.«

»Wenn nichts passiert ist, was machst du dann hier?«

»Ich suche den Ex-Liebhaber«, erfinde ich schnell, um seine Eifersucht zu wecken. »Sag mal«, frag ich ihn dann, »haben sie auch dich über dein Sexleben verhört? Ich hatte ja keine Ahnung, dass mein Sexleben in solchem Maße sicherheitsrelevant ist.«

»Natürlich, das sind immer die ersten Fragen, die sie einem stellen. Daran erkennen sie, ob der Kandidat für sie geeignet ist.«

»Und ich, war ich geeignet?«

»Sehr.«

»Und was bedeutet das jetzt?«, frage ich verängstigt.

»Das bedeutet, dass du hier nie mehr rauskommst.«

»Und du?«

»Ich arbeite hier nur«, sagt er, »das ist etwas anderes. Wenn mein Dienst zu Ende ist, geh ich zurück über die Grenze.«

Ich setze mich auf einen Haarhaufen und weine. Hätte ich nur Stacheldraht, ein Messer, irgendwas, womit ich mich verletzen könnte. Ich strecke die Hand aus und hole mir einen besonders spitzen Kieselstein aus seinem aufgerissenen Bauch heraus. Der Zorn macht mich blind, und ich weiß nicht, ob er noch da oder schon gegangen ist, ob meine Venen zerschnitten oder noch unverletzt sind, und plötzlich, in der Blindheit meines Zorns, verstehe ich, dass er es war, der sie auf mich angesetzt hat. Wenn er nicht gewesen wäre, wäre ich jetzt mit den frommen Ritualen des Mädchens und des Ehemanns im Tempel beschäftigt, rein und leblos, mit Zöpfen bis zu den Knien in einem weißen Nachthemd. Mit einem entsetzlichen Schrei stürze ich mich auf ihn, versuche, ihn mit dem spitzen Stein, den ich aus seinem Bauch genommen habe, zu verletzen, aber er ist schon nicht mehr da.

Als ich den Geliebten zum ersten Mal sah, war ich nicht aus dem Auto gestiegen. Ich hatte mich mit meinem Ehemann und dem Mädchen dort versteckt, wir alle trugen dicke Mäntel und schauten raus. Es war unser siebter Hochzeitstag gewesen, und der Geliebte war eilig an unserem Auto vorbeigelaufen. Eine Bewegung wie ein Pfeil. Kein überflüssiges Stückchen Fleisch. Nichts, was ihn am Laufen hätte hindern können. Ich sah ihn von hinten, nicht von vorne. Ich wusste, er würde sich in der nächsten Kneipe an einen Ecktisch setzen, ein Glas Cognac bestellen und abwarten. Ich wusste, wenn ich außer Atem dort ankommen und ihn fragen würde: »Bist du traurig?«, würde er sich in mich verlieben. Es war mein siebter Hochzeitstag. Ich begann den Abend gesund und beendete ihn krank. Und vielleicht begann ich ihn auch krank und beendete ihn gesund.

Nachts, wenn das Schrottmuseum sich von Besuchern leerte, hatte ich an Autotüren gedacht. Angenommen, auf meiner Seite wäre eine Kindersicherung gewesen. Nur ein Erwachsener hätte mir aufmachen können. An jenem Abend war mein Mann der einzige Erwachsene im Auto. Angenommen, cr wäre nicht ausgestiegen und hätte mir nicht aufgemacht. Ich hätte etwas geflucht und getreten, wäre aber dageblieben. Schade, dass Autohersteller solche Eventualitäten nicht mitbedenken. Nachts schien mir die Bewegung des Türscharniers die einzige Bewegung auf der Welt zu sein.

Du wirst nie mehr irgendwohin gehen, sag ich mir, blind vor Zorn, du wirst nie mehr vor dem Spiegel stehen, nie mehr dein schmales Gesicht zu einem breiten Lächeln erschüttern, nie mehr stolz die Brust recken, nie mehr um Liebe betteln. Was dir bleibt, ist, noch eine kleine Sache zu verstehen, so klein wie ein Reiskorn, und danach das Gesicht in die Erde zu drücken. Alles andere passiert dann ganz von allein.

Wenn ich ihr damals Cherry-Tomaten kaufen musste, sag ich mir, oder, sagen wir, Erdbeeren, Hauptsache, etwas Rotes, bin ich zur Kreuzung gegangen, obwohl meine Hände zitterten, ich hab es getan, nur damit sie sich freut. Wenn ich ihr ein Medikament, ein Antibiotikum kaufen musste, drei oder vier Packungen, bin ich trotz meiner schwachen Beine in die Stadt gefahren. Ich hab es für ihre Gesundheit getan. Was hab ich hier zu suchen, frag ich mich im Rhythmus meiner Schritte immer wieder, was hab ich hier zu suchen?

Plötzlich, ohne dass ich es darauf angelegt hätte, erinnere ich mich an das letzte Mal, als ich sie sah, wie sie über den blühenden Weg zum Kindergarten hüpft, im Zickzack von einer Seite zur andern, und meine Augen können sie nicht erkennen. Wenn ich nach links schaue, ist sie auf der rechten Seite, und wenn ich nach rechts schaue, ist sie auf der linken Seite, der Weg hat kein Ende, und ich renn immer hinter ihr her, weiß, sie ist hier, aber ich seh sie nicht. Ich schreie: »Sommer, wo bist du?«, und ihr seltenes Lachen stößt gegen die Mauern, mal gegen die linke, mal gegen die rechte, und auch meine Augen stoßen gegen die Mauern, aber immer gegen die falsche, und ich schreie: »Sommer! Wann stoßen dein Lachen und meine Augen endlich aufeinander?«

Wie eine Kette um den Hals hätte ich sie tragen müssen, sag ich mir, hätte mich nicht für immer von ihr trennen dürfen. Ich hätte ihr weiter hinterherrennen müssen auf dem blühenden Weg. Ich bin nur einen Moment stehen geblieben, um Kraft zu schöpfen, da war sie schon verschwunden. Ich hätte noch einige Jahre weitergehen müssen, bis ich alt geworden wäre oder sie, ich hätte nicht anhalten dürfen. Für das Gerenne, das ich mir damals erspart habe, bezahle ich jetzt, wandere durch das Land der Haare, weit weg vom blühenden Weg, weit weg von Sommer.

Unterdessen enden die winzigen Hütten, enden die Dörfer, und ich verstehe, ich werd in diesem Land niemanden mehr treffen, niemand wird mir mehr etwas sagen und vor meinen Augen sterben, und ich tröste mich damit, dass es gut ist, obwohl ich weiß, es ist schlecht. Ich zwinge mich zu gehen und habe doch kein Wohin. Plötzlich erhebt sich ein kahler, steiler Berg vor mir, und ich staune: Ist das die Rückseite des Berges, den ich früher aus meinem Fenster gesehen habe? Unmöglich, dass ich ihn mit meinen schwachen Beinen erklimmen kann.

Aber ich habe keine andere Wahl und steige mühsam den schmalen Weg empor; mit jedem Schritt wird die Luft kälter, die Aussicht schöner und immer unerträglicher. Von überall höre ich tobende Kinder, fremde Kinder, sie reden in unverständlichen Sprachen, ihre Stimmen treffen mich wie Steine.

Unglaublich, sage ich mir, wie hoch dieser Berg ist. Vor lauter Höhe färbt sich seine Glatze blau, und überall wohnen Menschen. Riesige Familien, Eltern, Onkel, Geschwister, sie lagern zwischen den Felsen unter freiem Himmel, ohne Strom, ohne Wasser, wärmen sich aneinander, Hauptsache, man geht nicht auseinander. Das Baby wird von einem zum andern weitergereicht, Hauptsache, man geht nicht auseinander, die blinde Großmutter wird von einem Felsen zum nächsten geführt, Hauptsache, man geht nicht auseinander, und nur ich ersteige den Berg allein, ohne Ehemann, ohne Mädchen, ohne Vater, ohne Mutter, ohne Geliebten und ohne Ex-Liebhaber.

Und dann entdecke ich, dass ich nicht wirklich allein den Berg erklimme, dass ich nicht wirklich ohne jemanden, sondern vielmehr von einer ganzen Gesellschaft umgeben bin. Es stellt sich heraus, dass mich zehn Männer, nicht mehr jung, aber noch immer gut in Schuss, überallhin begleiten.

Seit wann bin ich in Begleitung, frage ich mich, seit dem Tag meiner Geburt, oder ist das neu? Wie konnte ich damit leben, aber auch, wie könnte ich mich je davon trennen?

Sie tragen Einheitskleidung, helle Jeans und hellblaue Hemden, ihr graues Haar ist kurz geschnitten und sticht, aber das Lächeln ist breit, die Stimme frisch, und die Augen lachen ununterbrochen.

»Was ist so lustig?«, frage ich verärgert. »Ich habe schon belustigendere Dinge gesehen als eine Frau, die sich allein einen Berg hinaufschleppt, um ein Mädchen zu finden, das sich bestimmt im Tal aufhält.«

»Sie suchen sie?«, fragen sie erstaunt. »Wir waren uns sicher, dass Sie vor ihr fliehen.«

»Ich und fliehen?«, sage ich verschreckt. »Bis ich sie nicht finde, ist mein Leben kein Leben.«

»Warum sind Sie dann nicht stehen geblieben, als sie Sie gerufen hat?«, fragen sie. »An der dritten Wegbiegung lag sie auf einem Felsen und hat Sie angefleht, stehen zu bleiben und sie mitzunehmen.«

Wenn mich etwas im Nu auf die Palme bringt, dann solches Gerede. Sofort kehr ich um und gehe den schmalen Weg wieder hinunter, binde mir den Kittel fester, denn die Luft da oben ist schon kalt, und ich habe den Eindruck, dass sich auch dort unten der Sommer davonstiehlt, und sie sind mir die ganze Zeit auf den Fersen, zehn Männer in Einheitskleidung.

»Ich hatte auch solche Typen wie Sie«, sage ich ihnen, »und da wollen Sie mir etwas übers Leben beibringen? Nächtelang hab ich an den schönsten Orten gesessen, mit Männern wie Ihnen, mit kurzem Haar, lachenden Augen, habe da gesessen und gelogen. Sie waren die Dolci in meinem Leben, solang ich noch ein Leben hatte, und wann immer ein neuer Gang aufgetragen wurde, pflegte ich mir zu sagen: Wie man sieht, ist alles erlaubt; alles ist möglich.

Im fernen Depot pflegte das Mädchen zu schlafen und von Bräuten zu träumen, und der Ehemann bewachte ihren Schlaf, wartete auf mich, während ich an den schönsten Orten, an den geschmücktesten Tafeln saß und mir sagte: Ich habe dieses Leben verdient, und dieses Leben hat mich verdient; ich habe diese Geschenke verdient, und diese Geschenke haben mich verdient, warum sollte ich sie zurückgeben?«

In der dritten Wegbiegung sehe ich einen breiten Felsen, wie ein Babybett. Auf ihm liegt eine kleine Decke.

»Hier war es«, sagen sie, »genau hier hat sie gelegen und Sie gerufen.«

»Wie kann es sein, dass ich das nicht gehört habe?«, schreie ich. »Wie kann es sein, dass Sie das gehört haben und ich nicht? Wie kann es sein, dass Sie das gesehen haben und ich nicht?«

Sie schauen mich mit lachenden Augen an und schweigen.

»Wie lang können Ihre Augen lachen?«, kreische ich sie an. »Wie oft kann man sich lustig machen über Mütter in Not? Denken Sie nicht, ich hätte nicht kapiert, dass Sie mich ausspionieren. Und denken Sie nicht, ich hätte nicht kapiert, dass Sie mir das Mädchen genommen haben.«

»Sie irren sich, und Sie haben recht«, sagen sie im Chor, »wir sind die Spione, und zwar Ihre, uns werden Sie niemals loswerden, aber das Mädchen, das haben wir Ihnen nicht genommen, denn Sie haben es nie gehabt.«

»Was sind das für Lügen?« Ich koche vor Wut. »Und noch bei einer so sensiblen Angelegenheit! Sie und ich, wir alle kennen doch diese verfluchte Erregtheit an den schönsten Orten, wenn die Haut mit duftender Creme vollgesogen ist und die Teller üppig beladen sind, aber was ist mit den düsteren Orten, mit den ärmlichen Tischen, den vollen Aschenbechern, den nervösen Bewegungen? Mit Orten, an denen nicht geflüstert und nicht gelächelt, sondern mit heiseren Stimmen gebrüllt wird?«

»An den finsteren Orten«, sagen sie, »haben wir nichts verloren, und da suchen wir auch nichts.«

»Aber wenn das Mädchen ausgerechnet dort ist?«, beharre ich. »Und wenn ich das Mädchen ebendort verloren habe?«

»Die finsteren Orte sind ein Ort für Kinder. Wir sind doch alle dort groß geworden. Auch sie wird dort aufwachsen.«

»Schon, aber ohne Mutter?«

»Auf eine Mutter, die nicht hüpfen kann«, sagen sie, »kann man auch verzichten.«

»Warum meinen Sie, dass ich nicht hüpfen kann?«,

frage ich beleidigt. »Ich hüpfe doch schon mein Leben lang.«

Wir nähern uns schon der ersten Wegbiegung, und ich versuche, mit leichten, anmutigen Sprüngen den Berg hinunterzuhüpfen, so wie früher, doch die Beine kommen mir durcheinander, und plötzlich weiß ich nicht mehr, wie man hüpft. Ich stolpere ungelenk den steilen Abhang hinunter, und sie hüpfen mir hinterher, meine zehn Spione, und ich drehe mich um, um sicher zu sein, dass sie noch da sind. »Etwas hier ist absolut unzumutbar«, sage ich zu ihnen, »wenn schon mir so viele Leute nachspionieren, wer weiß, wie viele dann Ihnen nachspionieren. Was muss ich tun«, frage ich sie, »damit nicht auch Sie mir noch genommen werden? Sie sind das Einzige, was mir geblieben ist.«

Sie umgeben mich und schieben mich den Weg zurück, wieder den Berg hinauf. Sie lachen. »Wir sind die letzten Spione, es ist niemand mehr übrig, der uns nachspioniert.«

»Kommen Sie«, sage ich zu ihnen, »wir können uns doch über den Berg verteilen und sie gemeinsam suchen. Wie weit kann ein fünfjähriges Mädchen schon kommen?« Aber sie antworten nicht, als wären sie taub, und schieben mich schweigend den steilen Berg hinauf, umgeben mich von allen Seiten, als wäre ich ein wertvoller Schatz, und ich staune, seit wann bin ich so wertvoll, und für wen? Kann es sein, dass sich der Geliebte plötzlich an all seine Versprechen erinnert? Kann es sein, dass meine Eltern sich daran erinnern, dass sie mal eine Tochter hatten? Kann es sein, dass mich der Geburtshelfer auf der anderen Seite des Berges mit einem kleinen Baby im Arm erwartet?

»Wer hat Sie beauftragt, mich zu bewachen?«, frage ich mit der kräftigsten Stimme, zu der ich fähig bin, und sie blecken die Zähne vor mir. »Wo leben Sie überhaupt?«, fragen sie erstaunt, ihr Zahnfleisch ist vom Lachen trocken. »Spione bewachen niemanden! Unser Auftrag ist, Sie über die Grenze zu bringen. Wir werden Sie über die Grenze begleiten, danach werden Sie uns nie mehr sehen. Nur in Ihrer Vorstellung, wenn davon noch etwas übrig ist.«

Noch bevor ich protestieren kann, erreichen wir den glatten, spitzen Gipfel. Ist das wohl der Berg, den ich immer von meinem Fenster aus sah, frage ich mich, er ist nicht wiederzuerkennen. Auch das Tal ist nicht wiederzuerkennen, denn da, wo früher der große Park war, breiten sich jetzt ärmliche Zeltlager aus, oder sind das Müllhaufen? Aus dieser Höhe ist es schwer zu erkennen.

»Sie müssen mir nur versprechen, dass es auf dieser Seite des Berges keine glücklichen Familien gibt«, bitte ich sie, bevor wir uns verabschieden.

»Keine Sorge«, beruhigen sie mich im Chor, »Sie werden hier keine einzige glückliche Familie finden.«

»Sehr gut«, sage ich, »denn ich habe so eine Angewohnheit, jedes Mal, wenn ich so etwas sehe, spucke ich dreimal aus und reiße mir dreißig Haare aus. Stellen Sie sich vor, ich habe einmal ein Haus betreten, von außen sah es ganz unschuldig aus, aber in der Küche machte ein Mädchen Hausaufgaben! Ich dachte, ich werde ohnmächtig, und dann kamen ihre Mutter und ihr Vater, und es stellte sich heraus, dass sie auch noch einen großen Bruder hatte, der mit ihnen zusammen im selben Haus wohnte! Einen solchen Schlag, wie ich ihn da erlebte, wünsche ich keinem Menschen. Dass ein Mädchen dasitzt und Hausaufgaben macht. Ein Mädchen, das ein Zuhause hat und sogar ein eigenes Zimmer!«

»Wirklich entsetzlich«, rufen sie mir zu, während sie mir zum Abschied winken, »das ist ein Erlebnis, von dem man sich nur schwer erholt, aber solche Dinge sind nur noch auf der dritten Seite des Berges übrig geblieben.«

Einmal am Tag überkommt mich eine entsetzliche Welle der Reue. Stimmt es, was man über mich sagt, frage ich mich voll Abscheu, dass ich Liebe genommen und auf den Müll geworfen habe? Nein, nicht die Liebe habe ich weggeschmissen, den Körper des Geliebten hab ich weggeschmissen, seine Haut und seine Knochen hab ich weggeschmissen, seinen Kies und seine Reißnägel. Stimmt es, was man über mich sagt, frage ich mich voll Abscheu, dass ich eine Familie genommen und auf den Müll geworfen habe? Ich weiß, ich darf mich Mülltonnen nicht mehr nähern, und trotzdem kann ich mich nirgendwo anders hinschleppen.

In der Nähe, nicht weit von meinem Zelt, gibt es einen riesigen Supermarkt, dessen Abfälle allein tausend Kinder ernähren könnten. Ich nehme Einkaufstüten mit und mache mich auf, aber statt durch die Türen zu gehen, die sich automatisch für mich öffnen, geh ich sofort nach hinten zu den Müllcontainern. Nur dort gelingt es mir, wenigstens einmal am Tag nachzudenken. Stundenlang sitz ich dort und warte, dass mir ein Gedanke kommt. Was ist mit mir los, frage ich mich beschämt, bedeutet denn die Tatsache, dass niemand mich liebt, dass ich deshalb auch keinen eigenen Gedanken mehr fassen kann?

Auch nachdem es schon dunkel ist, bleibe ich dort und wache. Wenn Autos mit liebestollen Paaren kommen, verjage ich sie mit groben Bewegungen von dort. Das hätte mir gerade noch gefehlt. In meinem Reich diese lächerlichen Rituale mit anzusehen. »Nur mit dir hat das überhaupt noch irgendeinen Sinn gehabt«, flüstere ich dem Geliebten zu, eines seiner Glieder ragt aus den Müllhaufen heraus. »Es hatte einen gewissen Sinn, weil wir dachten, wir würden zusammen geboren werden, aber ziemlich bald stellte sich heraus, dass es uns noch nicht mal vergönnt sein würde, zusammen zu sterben.«

Ich staune, wie ich alles eins nach dem andern abgelegt habe, und ich entdecke, es geht auch ohne den Geliebten, ohne das Mädchen, ohne den Ex-Mann, ohne den Ex-Liebhaber, ohne die Haare, ohne die Anrufe, ohne Heiraten, und nur auf eines kann ich nicht verzichten – auf den Müll. Mit dem alten Kittel und der Strickmütze sitze ich dort stundenlang und bewache den Müll. Katzen verjage ich nicht, aber Schaulustige schon, vor allem Pärchen.

»Verschwindet und kauft euch ’ne Wohnung!«, schreie ich sie an. »Und verschmiert eure Ausscheidungen nicht auf öffentlichen Plätzen. Geht und kümmert euch um euer eigenes Leben, heiratet oder lasst euch scheiden, aber belästigt mich nicht!«

Einmal taucht da ein hartnäckiges Paar auf, das nicht bereit ist wegzugehen. Sie winden sich in ihrem verschlossenen Auto, und wie sehr ich auch rumschreie, es hilft nichts. Ich weiß, die Zeit ist reif für eine extreme Tat. Ich sammle Müll in meine leeren Tüten und beginne, das Auto einzumüllen. Sie sind so sehr mit sich beschäftigt, dass sie es noch nicht einmal merken, aber als sie dann endlich die Augen öffnen, wird ihnen schwarz davor. Mein Vater wäre jetzt stolz auf mich, denke ich mir mit Genugtuung, was ich alles für die Aufrechterhaltung der Werte zu tun bereit bin. Seit ich zwölfeinhalb bin, ist er davon überzeugt, ich sei ein zügelloses Mädchen.

Ich setze mich auf eine Kiste in der Nähe und betrachte das Auto. Jetzt, wo es bis zum Dach bedeckt ist, ist seine Farbe schwer zu erkennen. Dagegen sind die energischen Bewegungen, die innen drin vollzogen werden, um die Berge von Müll zu beseitigen, leicht zu erschließen. Es wackelt hin und her, hier und da fällt eine Konservenbüchse oder eine dreckige Windel herunter, aber der Löwenanteil, wie man so sagt, ist noch da.

»Jetzt hab ich euch eine Lehre erteilt«, schrei ich zu dem Auto, »ihr werdet es nicht noch einmal wagen, euch meinem Platz zu nähern. Mich deprimiert öffentliches Geschmuse, ganz zu schweigen von Geschmuse im Verborgenen, aber so was begegnet mir ohnehin nur selten. Verschwindet! Warum muss man mit so etwas die Öffentlichkeit belästigen?«

Das Auto tanzt weiter. Jetzt wird schon deutlich, dass es rot ist, wie ich befürchtet habe, rot wie eine Erdbeere, und ich beschließe, mich aus dem Staub zu machen, bevor das Paar sich aus dem Wagen befreien kann. Bevor ich meine Einkaufstaschen einpacken kann, sehe ich, wie sie versuchen, eine Tür zu öffnen, und aus dem Müll schaut eine schmale Hand heraus, danach eine Schulter, dann die zweite Schulter, bis eindeutig der Oberkörper meines Vaters zu erkennen ist.

»Na, das ist doch mal 'ne Überraschung«, murmle ich perplex und verfluche den Moment, an dem ich hierhergekommen bin. »Was macht ihr denn hier? Hierher kommen nur Leute, die fremdgehen, die weder Mittel noch Anstand besitzen, Leute, die keine Zukunft haben. Was macht ihr also hier?«

Ich habe den Eindruck, sie sind sogar noch verlegener als ich. Mein Vater drückt sich an die Autotür, ganz und gar grau, aus seinem Zittern schließe ich, dass ihm sehr schwindlig ist, und ich sage zu ihm: »Wer hätte das gedacht? Wie jeder Mann wirst auch du alt. Was ist dann letztlich dein großer Vorzug vor uns allen? Wie hast du behaupten können, es gebe nur einen Weg, heil durchs Leben zu kommen, nämlich deinen?«

»Lass ihn in Ruh.« Meine Mutter heißt mich schweigen. »Siehst du nicht, er ist krank.«

»Wer krank ist, hat an einem Ort wie diesem nichts

zu suchen«, sage ich, »und abgesehen davon, sind wir alle krank. Seh ich etwa so aus, als wär ich gesund? Du wirst es nicht glauben, was für eine Krankheit ich mir damals eingefangen habe, als ich im Schnee schlief, und trotzdem erwarte ich keine besondere Zuwendung.« Und dann falle ich über sie her: »Aber jetzt sag du mir, was habt ihr zu verstecken, dass ihr hierherkommt? Wen betrügt ihr denn? Vor wem versteckt ihr euch?«

»Vor dir«, sagt sie schlicht.

»Vor mir?« Ich bin perplex. »Hab ich euch irgendwann bei irgendwas gestört?«

»Nicht mehr als andere Kinder«, sagt sie, »aber natürlich hast du gestört.«

»Aber ich war doch jahrelang gar nicht bei euch!«, protestiere ich.

»Das stimmt, aber wir konnten nie wissen, wann du das nächste Mal kommst. Es konnte Jahre dauern, aber es konnte eben auch jeden Moment passieren.«

»Mama, Mama«, weine ich plötzlich, als sie versuchen, sich in dem Müll aufzurichten, »ist das alles wirklich so verloren?«

»Ja.«

»Was machen wir dann jetzt?«

»Was wir immer gemacht haben«, sagt sie, »wir kehren in unsre Wohnung zurück, duschen, und du gehst in deine Wohnung zurück und duschst.«

»Aber ich hab keinen Ort, wo ich duschen kann«, jammere ich, »und niemanden, der mir ein Handtuch aus dem Schrank bringt, und ich hab auch keinen Schrank.«

»Du kannst bei uns duschen«, schlägt sie vor, »aber gib uns vierundzwanzig Stunden vorher Bescheid.«

»Ich will aber jetzt mitkommen.«

»Ohne vorherige Anmeldung ist das etwas schwierig«, entschuldigt sie sich.

Indessen quetscht sich der Oberkörper meines Vaters wieder ins Auto, und ich sehe, dass auch ihr Oberkörper versucht, sich hineinzuzwängen.

Ich nehme meine Plastiktüten und gehe weg. Damit es wenigstens so aussieht, dass ich sie verlasse und nicht sie mich.

Manchmal frag ich mich, was schlimmer ist, der Weggang des Mädchens oder ihre Rückkehr, und das nicht nur einmal, unzählige Weggänge von unzähligen fünfjährigen Mädchen; die sitzen mir auf den Venen der Beine, klettern an mir hoch, weinen und lachen. Wenn sie weinen, sagen sie: »Wir lachen«, und wenn sie lachen, sagen sie: »Wir weinen«, und ich starre sie an, wie geblendet, bringe kein Wort heraus, noch nicht mal Husten, sogar meine Hände beginnen zu stammeln, als ich versuche, die Knoten in ihren Haaren zu streicheln.

Plötzlich verstummen sie, stellen sich in Dreierreihen zwischen den Müllcontainern auf und bitten mich: »Erzähl uns eine Geschichte.« Alle meine Töchter, die ich inzwischen unzählige Male in endlosen gefährlichen, schweren Geburten geboren habe, wollen nur eines von mir. Ich schaue mich um und sehe, die Sonne geht schon hinter dem kahlen Berg unter, und ich beginne meine Geschichte.

»Es war mal eine Frau, die jeden Abend heiraten wollte«, erzähl ich ihnen, »sie brauchte, wenn die Sonne unterging, nichts dringender als eine kleine, bescheidene Hochzeit, nicht mehr als fünfzig Gäste, einfaches Catering, ein schlichtes weißes Kleid und einen Bräutigam, egal wen, Hauptsache, er stand neben ihr und sagte ihr, was er sagen muss. Und was war das Problem?«, erzähle ich weiter in ihre weißen, arglosen Gesichter. »Am Morgen, wenn die Sonne aufging, wollte sie sich immer scheiden lassen. Eine höfliche Scheidung, elegant, partnerschaftlich. Nicht mehr als zwei Zeugen, ein schlichtes braunes Kleid und ein Ex-Mann, egal wer, Hauptsache, dass er ihr gegenübersteht und ihr sagt, was er sagen muss. Sagt ihr mir«, wende ich mich an mein schweigendes Publikum, »wie kann man so ein normales Leben führen und Kinder großziehen?«

»Unmöglich«, sagen sie, weinen und lachen, »das Weinen und das Lachen haben wir dir genommen, was bleibt dann für dich übrig?«

»Mir bleibt noch genug. Der Bauch, den es nachts zerreißt, gehört mir, und auch das Herz, das sich selbst zerbricht, und die Stunden von Sonnenuntergang bis Sonnenaufgang, die gehören mir, mir allein. Ich, wenn ihr mir das verzeiht, ich dachte, ich bräuchte euch mehr als ihr mich, und inzwischen habe ich entdeckt, dass niemand irgendwen braucht.«

»Mama, Mama«, plötzlich lösen sie ihre Dreiergruppen auf und umsummen mich, kitzeln meinen Schädel und das Trommelfell, zerren an meinen Fingern. »Mama, Mama, geh nicht weg«, rufen sie.

»Natürlich geh ich nicht weg«, verspreche ich ihnen, »ich werde ja nirgends erwartet. Niemand anders möchte etwas von mir. Ich werde mich von hier nicht mehr wegbewegen, und genau das frisst mich auf.«

»Warum?«, fragen sie mit Glockenstimmen.

»Wenn ich wüsste«, sage ich ihnen, »dass dies mein letzter Sommer ist, glaubt mir, ich würde ihn heldenhaft ertragen, aber sobald ich verstehe, dass er noch Jahrzehnte dauern wird, zerbreche ich. Ist euch klar«, frage ich sie, »dass mir noch nie so kalt war wie in diesem Sommer? Ist euch klar, dass ich letzten Sommer alles hatte und diesen Sommer nichts mehr habe?«

»Aber du hast doch uns«, summen sie.

»Das mag schon stimmen, aber das werd ich erst begreifen, wenn ihr verschwunden sein werdet.«

Als ich den Kopf hebe, um sie zu zählen, sind sie schon verschwunden, der Schwarm kleiner Mädchen ist aufgeflogen, hat sich in Nichts aufgelöst, als wären sie nie da gewesen, und am Ende des Tages liege ich zwischen den Müllcontainern, und keiner streckt mir die Hand entgegen und zieht mich hoch.

Was war da im letzten Sommer? Ich versuche, mich zu erinnern. Als ich blühte wie ein ganzes Feld Mohn, als jeder, der mich berührte, sich plötzlich aufrichtete, vor Stärke erbebte und schockiert war vor Glück. Wer hat mich monatelang so in die Irre geführt, dass ich glaubte, von allen Frauen auf der Welt würde gerade ich mich niemals irren?

Und dann stellte sich heraus, von allen Frauen auf der Welt habe gerade ich mich geirrt, und dann stellte sich heraus, dass, wer sich irrt, nicht verzeihen kann. Weder dem, der ihn in die Irre geleitet hat, noch dem, der sich mit ihm geirrt hat, und schon gar nicht sich selbst. Und dann stellte sich heraus, dass, wer irrt, nicht leben kann.

Ein Mensch, der irrt, kann allenfalls auf Müllcontainern sitzen und zusehen, wie der Berg verblasst; die Jahreszeiten klopfen an sein offenes Herz, und im nächsten Moment wird er sagen: »Ich komm gleich mit«, aber er wird noch eine Weile zwischen den Müllcontainern sitzen bleiben, mit einer Schere in der Hand, um die Flüche zu zerschneiden, er fuchtelt mit ihr herum, dann nimmt er sie und richtet ihre Spitze auf seinen weichen Oberschenkel und zeichnet ein Depot auf seinen weichen Oberschenkel, und das Depot wird drei Stockwerke haben, das erste für den Papa, das zweite für das Mädchen, das dritte für die Mama.

Und dann wird er die Treppen zwischen den Stockwerken zeichnen. Auf eine Treppe malt er eine Pfütze Blut, auf die zweite malt er eine Pfütze Kalk, und auf eine dritte malt er all die Knochen, die auf diesen Pfützen ausgerutscht sind, und auf einen Schlag gerät alles aus den Fugen und kehrt sich um. Was schwer war, wird leicht, was traurig war, wird freudig sein, was Lüge war, wird

Wahrheit werden, und was wie eine Störung aussah, wird sich als die Reparatur erweisen.

Aber jemand, der irrt, kann nicht reparieren, er wird auf den Mülltonnen sitzen und die Schnitte in seiner Zeichnung vertiefen, und er weiß, bevor er nicht mit der Schere am anderen Ende seines weichen Schenkels rauskommt, findet er keine Ruh.

Von meinem Platz auf den Müllcontainern kann ich alles sehen. Von dort hab ich einen Panoramablick auf das Depot-Viertel. Eines Tages ist die Sicht so gut, dass ich durch die Wände ins Innere der Häuser sehe. Ich kann die Bilder sehen, Regale, Sofas, die Wohnzimmertische, doch am besten sehe ich die dunklen Schatten der zufriedenen Mieter. In jeder Wohnung einen Großen, eine Mittelgroße und eine Kleine, und ich kneife die Augen zusammen, um sie zu erkennen. Wer sind diese Leute denn? Sind das ich, meine Mutter und mein Vater? Sind das meine Tochter, ihr Vater und ihre Mutter? Sind das mein Ex-Mann, seine neue Frau und seine alte Tochter?

Meine Angst, sie zu identifizieren, ist groß. Deshalb werden die Wände undurchlässig, und ich sehe wieder nur von außen. Ich sehne mich so nach diesen Anblicken, dass ich mir sage: Es reicht, ich gehe dorthin zurück, wollen wir doch mal sehen, wer es wagen will, mich daran zu hindern. Ich schüttele die Müllreste von dem alten Kittel, wasche meine schon vergammelten Hände und geh ins Viertel.

Ich kehre nach Hause zurück, murmle ich im Rhythmus meiner Schritte, ich kehre zurück ins Depot. Dort haben wir das Mädchen vierhändig großgezogen. Dort war ich nicht eine zerstörte Frau, die nie mehr heiraten kann, nicht Witwe, nicht geschieden, dort hatte ich kein Kind verloren, dort wusste ich, was meine Aufgabe war, auch wenn ich sie nicht erfüllen konnte. In dem Moment, in dem ich über die Schwelle treten werde, sag ich mir, wird mein Gesicht, das vom Müll schwarz geworden ist, weiß werden, meine Brüste werden sich aufrichten, meine Haare wachsen, meine Falten sich wieder glätten. Unter meinen Fußsohlen, die vom Gehen rissig wurden, wird eine neue, weiche Haut entstehen, und ich werde vorsichtig zwischen die Pfützen treten.

Als ich schließlich ankomme, ist es schon Morgen. Die Tür ist verschlossen. Ich erinnere mich an die Hintertür der Waschküche und gehe leise hinein, schütte mir einen Beutel Waschmittel über, um den Müllgeruch zu überdecken.

Ich setze mich auf den wackeligen Stuhl und schaue mich um. Statt der drei Stockwerke öffnet sich der Raum zu einem einzigen riesigen Stockwerk, anstelle der Treppen haben sie kleine Rutschen angebracht, und die kleinen Pfützen, die da immer waren, müssen sie irgendwie abgeleitet haben.

Das alles war früher mal meines, sage ich mir und kratze mir wütend die Schenkel, es gehörte mir, vom Fundament bis zum Dach. Ich bin die Besitzerin dieses Hauses gewesen, und wenn ich die Tür nicht aufmachen wollte, hab ich sie nicht aufgemacht, und wenn ich die Tür nicht schließen wollte, hab ich sie nicht geschlossen.

Plötzlich tritt aus meinem Schlafzimmer ein junges Paar, ich kenne sie nicht. Sie sind überrascht, mich zu sehen, haben aber keine Angst, kommen sicher auf den kleinen Rutschen runtergerutscht und nähern sich mir.

»Wissen Sie, dass hier früher mal der Tempel stand?« Ich überfalle sie, bevor sie mich überfallen können. »Wie können Sie es wagen, an dem Ort zu ficken, wo der Tempel stand?«

Sie schauen mich verlegen an. »Woher wissen Sie das?«, fragt der Mann.

»Ich hab es angenommen«, sage ich, »alle ficken doch die ganze Zeit, oder? Ich bin aus diesem Leben zwar raus, erinnere mich aber durchaus noch an ein paar Dinge.«

»Wir ficken nicht die ganze Zeit«, korrigiert die Frau, »das war unsere Hochzeitsnacht.«

»Wirklich?« Das rührt mich.

»Ja, wir haben gestern geheiratet.«

Es stellt sich heraus, dass sie ein junges Architektenpaar sind, sie baut Arme, er baut Beine. Erst gestern haben sie geheiratet und sind dann gleich in ihr neues Haus gefahren, für die Hochzeitsnacht. Schon führen sie mich zu einer der Rutschen, und wir rutschen gemeinsam ins Wohnzimmer, um die Geschenke auszupacken.

»Ich behaupte nicht, dass ich dieses Haus gebaut habe«, sage ich ihnen, »aber ich habe in ihm gelebt, und darin zu leben ist wie bauen. Ich habe den Eindruck, Sie als junges Paar sind der Geschichte dieses Ortes etwas schuldig.«

»Was erwarten Sie, was sollen wir tun?«, fragt die Architektin großzügig.

»Ich erwarte, dass Sie hier einen Ort des Gedenkens einrichten.« Jetzt komm ich in Fahrt. »Stellen Sie sich vor, von der ganzen Familie, die hier gelebt hat, bin nur noch ich übrig, und auch ich gelte schon nicht mehr als Mensch. Man muss hier drei Gedenksteine aufstellen, einen großen, einen mittleren und einen kleinen, man muss kleine Andenken sammeln und hier auslegen, etwa die ersten Zähne, die ihr ausgefallen sind, oder die letzten Zähne, die mir ausgefallen sind, den Socken des Ehemanns, den mit dem Loch. Ein komplettes Leben hat hier vor Ihnen stattgefunden.«

»Keine Sorge«, beruhigen sie mich, »wir werden etwas unternehmen.«

»Ich bin bereit, mich um alles zu kümmern«, verspreche ich ihnen, »lassen Sie mich hier mit wohnen, dann übernehme ich die Verantwortung für den Gedenkort, wie die Leute, die Friedhöfe hüten und pflegen. Ich habe dieses Depot nicht gepflegt, als ich hier wohnte, aber jetzt würde ich alles tun für das Andenken meiner Tochter und meines Mannes.«

Ich sehe, sie zögern, sie beraten sich tuschelnd, und ich sage schnell: »Ich bin bereit, hier auch noch andere Aufgaben zu übernehmen.«

»Welche zum Beispiel?«, fragt die zarte Architektin für Hände.

»Zum Beispiel mich um Ihr Mädchen kümmern«, antworte ich siegesgewiss.

»Aber wir haben gar kein Mädchen!«, protestieren sie. »Wir haben erst gestern geheiratet!«

»Glückwunsch!«, gratuliere ich. »Schon sehr bald, schneller, als Sie denken, werden Sie ein Mädchen haben, und das wird meinem Mädchen auf erstaunliche Art und Weise ähneln, und ich werde es so lange für Sie großziehen, bis es mich Mama nennen wird, und an dem Tag, wo es mich Mama nennt, werd ich gehen.«

»Schauen Sie«, sagt die Architektin, es ist ihr unangenehm, »wir sind ein junges Paar. Wir haben erst gestern geheiratet. Warum sollten wir uns Ihre ganze Vergangenheit aufladen?«

»Weil Sie für unser Unglück verantwortlich sind«, schleudere ich ihr entgegen, »wenn Sie es nicht so eilig gehabt hätten, die Wohnung von meinem Mann zu kaufen, wären wir vielleicht noch hiergeblieben.«

»Ihr Mann hat uns angefleht, sie zu kaufen«, beklagt sich der Mann, »ehrlich gesagt, er hat sie uns fast für umsonst gegeben. Er hat gesagt: ›Wenn Sie sie nicht nehmen, wird ein Unglück passieren‹, und jetzt sagen Sie uns, weil wir sie genommen haben, ist ein Unglück passiert.«

»Ja«, bestätige ich, »mein Mann und ich, wir sind uns leider noch nie einig gewesen.«

Plötzlich sehe ich, der junge Architekt für Beine hat

kurze Beine, so wie die eines Babys, und die Architektin für Arme hat kurze Arme, so wie die Arme eines Babys, und ich verstehe, dass ihre Behinderungen sie verbinden. Ich schaue sie mitleidig an und verkünde: »Vielen Dank, junges Paar, leben kann ich mit Ihnen leider nicht, und auch den Gedenkort werde ich Ihnen erlassen, denn Ihr Leben wird auch so schon voll von unseren Erinnerungen sein. Nur eines müssen Sie mir bitte versprechen: Ficken Sie nicht mehr im Tempel.«

»Und was, wenn wir Kinder wollen?«, fragt sie beleidigt.

»Sie haben schon genügend im Bauch, genug fürs ganze Leben«, beruhige ich sie, »mehr Ficken braucht es nicht, und schon gar nicht in Ihrer bedenklichen Situation. Was, wenn Ihr Kind von jedem von Ihnen dessen Behinderung erbt, was würden Sie mit einem so hilfsbedürftigen Geschöpf anfangen?«

»Wir würden eine Pflegerin anstellen«, gesteht sie, »deshalb sind wir auch bereit, Ihren Vorschlag zu erwägen.«

»Das hätte mir gerade noch gefehlt!«, rufe ich entsetzt. »Wer meine Vorschläge erwägt, dessen Vorschläge bin ich nicht bereit zu erwägen. Sie halten mich wohl für völlig verrückt? Jeden Tag die Milchzähne des Mädchens gießen und für Sie ein hilfsbedürftiges Geschöpf aufziehen? Meinen Sie, das sei die Bestimmung meines Lebens? Ich – jeder, der mich kennt, sagt zu mir: ›Also du, du musst ja auf einem Fluss treiben und brauchst jemanden, der dir mit dem Fächer die Fliegen verjagt.‹«

Sie drücken sich an die Wände, die noch den Geruch von frischem Kalk verströmen; die Architektin versteckt ihre Arme hinter dem Rücken, er klappt die Beine ein und bleibt in der Luft hängen.

»Sie sehen nicht gerade aus wie ein Paar nach der Hochzeitsnacht«, bemerke ich, »und, junge Frau, Ihr dicker Bauch, wenn Sie mir verzeihen, der ist auch nicht erst von gestern. Was haben Ihre Eltern denn zu dieser überstürzten Heirat gesagt, mit so einem Bauch?«

»Sie haben nichts gesehen«, flüstert sie, »auch wir haben nichts gesehen, erst als Sie hierherkamen, begann er, so anzuschwellen. Wie lang sind Sie denn schon hier?«

»Na, bestimmt keine neun Monate. Vielleicht ein, zwei Tage, nicht länger.«

»Und was machen wir jetzt?«, fragt sie hilflos.

»Was wir jetzt machen?«, brülle ich, indem ich das »wir« betone. »Seit wann sind Ihre Probleme meine Probleme? Haben Sie mich um Rat gefragt, ob Sie heiraten sollen? Haben Sie mich um Rat gefragt, ob Sie ficken sollen? Warum sollte ich Ihnen überhaupt helfen?«

»Weil wir Sie brauchen«, sagt sie. »Schauen Sie sich uns doch an. Zusammen ergeben wir gerade mal einen erwachsenen Menschen, und das ist nicht genug für ein Elternpaar.«

»Das ist nicht genug, aber es ist immer noch mehr, als was ich gehabt hab.«

»Wenn Sie uns helfen«, flüstert die Architektin, »verrate ich Ihnen ein Geheimnis.«

»Ein Geheimnis?«, frage ich gelangweilt. »Was soll ich

mit Ihrem Geheimnis? Bestimmt wollen Sie mir erzählen, dass Ihr Vater Sie im Alter von zwölfeinhalb Jahren vergewaltigt hat und sich Ihre Arme deshalb zurückgebildet haben. Solche Geschichten interessieren mich aber nicht.«

»Das ist es nicht. Es ist ein Geheimnis, das Sie sehr interessieren wird. Ein Geheimnis über Ihr Mädchen.«

»Über mein Mädchen?« Ich springe auf und beginne, sie zu schütteln. »Sie wissen, wo mein Mädchen ist?«

»Nicht direkt, aber als wir gestern nach der Hochzeit mit den ganzen Geschenken hierherkamen, war etwas von ihr hier.«

»Ein Strumpf«, schreie ich, »ein Milchzahn? Ein Tanzröckchen?«

»Nein. Ihr Blick war hier.«

»Ihr Blick? Wie kann man einen Blick sehen?«

»Das ist nicht leicht, aber es ist möglich«, sagt sie, »er flatterte durch den Raum wie ein Schmetterling. In einem Moment hat er das ganze Haus violett gefärbt. Zuerst bin ich erschrocken. Bis ich verstand, dass das nicht gefährlich ist. Und zum Schluss, als ich versuchte, ihn zu fangen, ist er verschwunden.«

»Das passt zu meinem Mädchen«, seufze ich, »zu warten, bis man sie bemerkt, und dann verschwinden. Das hat sie auch mit mir gemacht. Jahrelang gewartet, dass ich sie bemerke, und als es so weit war, ist sie verschwunden. Aber da war es für mich schon zu spät. Als sie bereits allein leben konnte, konnte ich schon nicht mehr ohne sie.«

»Wohin ist sie verschwunden?«, fragt die Architektin teilnahmsvoll.

»Woher soll ich das wissen? Ich suche sie schon Jahre.«

»Ich habe da eine Idee«, sagt sie, »bleiben Sie bei uns, bis ihr Blick wieder erscheint, dann folgen Sie ihr und können sie so finden.«

»Wenn das so einfach wäre«, seufze ich, »aber man kann es ja mal versuchen. Immer noch besser, als zwischen Mülltonnen zu schlafen und über fremdgehenden Paaren Müll auszuleeren. Ich bleibe bei Ihnen, aber nur unter der Bedingung, dass Sie nicht gebären. Ich ertrage nämlich keine Babys um mich herum.«

Doch in diesem Moment landet ihr frischer Mann endlich auf seinen kurzen Babybeinen, ganz rot von dieser Anstrengung, und schreit: »Dass Sie es wagen, uns auch noch Bedingungen zu stellen! Sie sollten sich bedanken, dass Sie überhaupt hierbleiben können!«

Bevor ich reagieren kann, bringt sie ihn mit einem scharfen Blick zum Schweigen und sagt: »Keine Sorge, wir werden eine Lösung finden.«

Ich lächle sie an und trete fest gegen eines der Geschenke. Als die beiden nicht reagieren, trete ich weiter gegen die anderen Geschenke, eins nach dem andern, bis sie alle auf einem Haufen neben dem Altar liegen. Nachdem alles an seinem Platz liegt, setze ich mich in eine Ecke auf den nackten Boden, um auf den Blick zu warten.

Vor diesem bunten Haufen schweigen wir. Ich habe ihnen nichts zu sagen. Sie haben mir nichts zu sagen. Alles um mich herum ist neu, tadellos frisch gekalkt, und nur wir sind alt wie Gemäuer. Schließlich stehe ich auf und sage: »Schluss jetzt, meine Herrschaften, diese Langeweile ertrag ich nicht länger. Sie müssen mich schon ein bisschen unterhalten, sonst geh ich.«

Sie schweigen gerade so weiter, und dies ist, so mein Gefühl, ihr böser Plan, mich loszuwerden. Deshalb beschließe ich, sie zu überlisten, und sage: »Gut, dann unterhalte ich eben Sie.«

»Wie denn?«, fragt die Frau verzweifelt.

»Ich denk mir ein Rätsel für Sie aus«, schlage ich vor. »Ein einfaches Rätsel, das jedes Kind lösen kann.«

Sie sind schon gespannt, und ich stelle die erste Frage: »Also dann, Kinder, wer erinnert sich an den Geliebten?«

»Wir erinnern uns an keinen Geliebten«, sagt der Mann ohne Interesse.

»Sehr schön«, ermutige ich ihn, »das ist die richtige Antwort. Auch ich erinnere mich an keinen Geliebten, aber die Nachbarn können Ihnen von einem Mann erzählen, der dieses Depot immer wieder umkreist hat. In strömendem Regen ist er hier rumgelaufen, und auch beim schlimmsten Chamsin hat er nicht davon abgelassen, mich zu belagern. Aus seinem Mund ergossen sich schöne Worte wie ein Fluss, er war nicht zu stoppen, und ich wollte ihn auch nicht stoppen, ich glaubte sogar, stellen Sie sich das mal vor, dass er niemals enden würde.«

»Und was ist am Ende passiert?«, fragt die Frau.

»Damit bringen Sie mich zur nächsten Frage des Rätsels: Wer hat den Geliebten beseitigt?«

»Sie«, sagt die Frau schlicht.

»Falsch!«, schimpfe ich sie. »Der Geliebte hat sich selbst beseitigt, um sich mir zu entziehen. Er hat sich älter und älter und senil gemacht, bis er in grauem Alter starb. Und jetzt, jetzt eine schwierigere Frage. Wer kann mir sagen, ob ich mich gefreut habe oder ob ich traurig war, als er starb?«

»Sie waren traurig«, sagt die Frau.

»Sie haben sich gefreut«, sagt der Mann.

»Sie werden es nie verstehen! Diese wahnsinnige Wut in mir, dass er es geschafft hat zu sterben, noch bevor ich ihn selbst umbringen konnte. Ich, deren Hände nur so zitterten vor Begierde, ihn in Stücke zu reißen. Das war, man kann es so sagen, die größte Niederlage meines Lebens, und das will was heißen, denn ich bin, so wie Sie mich sehen, bereits eine ziemliche Niederlage.«

Die junge Architektin kichert verlegen zu mir herüber, fast schon anerkennend, das ermutigt mich. Ich mache weiter, mit der nächsten Frage.

»Jetzt hab ich eine ganz andere Frage, aber vielleicht geht es im Grunde doch um dieselbe Sache. Mal sehen, ob Sie sich vorstellen können, was ich aus dem Haus des Ex-Liebhabers mitnahm, als ich es in jener Nacht, einige Minuten bevor seine Frau zur Witwe wurde, verließ.«

»Seine Unterhose«, sagt der Architekt selbstsicher. Und ich raunze ihn an: »Idiot, jedes Kind weiß, dass der Ex-Liebhaber niemals Unterhosen trug.«

»Sein Unterhemd«, versucht es die Frau einen Tick bescheidener, und ich grinse. »Auch Sie sind mir kein besonders helles Licht. Glauben Sie wirklich, jemand, der keine Unterhosen trägt, trägt ein Unterhemd?«

Zu meiner Überraschung ist der frischgebackene Ehemann plötzlich eingeschlafen, oder er stellt sich nur schlafend, aber die Frau sitzt aufrecht und lauscht mir gespannt, als gäbe es am Ende des Rätsels einen großen Preis.

»Mal sehn, ob Sie das erraten«, reize ich sie. »Nie im Leben werden Sie darauf kommen, wen ich am meisten beneide.«

»Da habe ich wirklich keine Ahnung«, murmelt sie, »vermutlich beneiden Sie uns alle.«

»Das hätte mir gerade noch gefehlt! Wofür sollte ich Sie alle beneiden? Von allem, was Sie haben, hab ich mich längst losgesagt. Ich beneide nur die, die am Stich einer Biene sterben.«

»Ausgerechnet am Stich einer Biene?«

»Oder, meinetwegen, an einem Blitzschlag«, präzisiere ich, »ich beneide all die Glücklichen, die leicht sterben. Nur ich sterbe langsam, so langsam, dass man es nicht spürt.«

»Wissen Sie«, erzähle ich ihr, »dass ich bei den allerersten gefährlichen Computerspielen, die das Mädchen hatte, vom Dach des Depots geschleudert wurde? Nur wenn sie auf den richtigen Pfeil drückte, war ich wieder oben auf dem Dach. Sogar wenn ich den Grund schon berührt hatte, konnte sie mich wieder nach oben schleudern.

Verstehen Sie«, erkläre ich ihr, »ich bin immer in Gefahr, aber man kann mich immer retten. Auf dem bunten Bildschirm regierte sie mit ihren dicken Fingerchen über mein Leben. Immer und immer wieder hat sie mich in den Kindergarten marschieren lassen, zwischen den Mülltonnen und den Haarhaufen hindurch in das Zimmer, das die Kindergartenhelferin gerade gewischt hat, und ich sehe auf dem Bildschirm eine Frau in einem Kittel wie meinem, mit einer Glatze wie meiner, mit Mülltüten wie meinen, und doch bin das nicht ich.

›Mama‹, rief sie mich, ›wer hat dich verlassen?‹

Ich durfte in ihrer Anwesenheit nicht weinen, deshalb lachte ich, aber das Lachen war so hart, dass mir die Zähne ausfielen. Sie sammelte sie vom Boden und machte sich daraus eine gelbe Kette. ›Liebling‹, sagte ich zu ihr, ›alle haben mich verlassen.‹

Sofort drückte sie auf den Abwärtspfeil und schleuderte mich runter, und ich knallte auf den Grund.«

Ich bezweifle, dass es mir wirklich gelingt, sie zu unterhalten. Der Architekt öffnet ab und zu ein Auge und schließt es gleich wieder, und seine Jungvermählte hat die Augen wohl offen, sieht aber schon ziemlich verzweifelt aus. Auch mich deprimiert das alles zunehmend, und ich beschließe, mit dem Spiel aufzuhören und ihnen eine wahrere Geschichte zu erzählen.

»Sie war meine kleine Schwester«, erzähle ich ihnen, »und sie hatte violette Hände. Sie war meine kleine Schwester, und wir waren beide Waisenkinder. Vergessene Kinder. Unser Vater war tot, unsere Mutter eine Hure. Ich war alles, was meine Schwester hatte, und sie war alles, was ich hatte, und trotzdem hatte ich keine andere Wahl, als sie auszuliefern. Ich sage es noch einmal, ich hatte keine andere Wahl, denn das Wetter spielte verrückt, die Stimmen veränderten sich, Junge sprachen mit der Stimme von Alten und Alte mit Kinderstimmen, Katzen krähten, und Vögel bellten, und jemand sagte: ›Das Ende der Welt ist gekommen.‹ Ob zu Recht oder zu Unrecht, kann ich nicht beurteilen.

Sie hatte violette Hände, die gegen Abend schwarz wurden und auf meinem Hals Tintenflecken hinterließen. Es gab Leute, die sagten, das sei vom Streicheln, doch ich konnte durchaus zwischen Streicheln und Erwürgen unterscheiden.

Sie war mein Waisenschäfchen, und ihre Wunden heilten nicht. Ich tat so, als wäre ich die Mutter, beruhigte mich selbst aber immer damit, dass ich nur ihre große Schwester bin. Sie können sich ja nicht vorstellen, was das von mir verlangte. Nachts alle zwei Stunden aufstehen und sie verbinden. Sie mittags auf dem Rücken in der knallheißen Sonne herumschleppen. Sie vor allen beschützen, die ihr etwas antun wollten. Unvorstellbar, wie viele Feinde sie hatte. Einer fürchtete sich vor ihrem arglosen Blick, ein anderer fürchtete sich vor ihrer weißen Haut.

Jeden Morgen versammelten sich die Müllmänner um

sie, und wenn ich sie nicht mit meiner Glatze erschreckt hätte, wer weiß, was sie ihr angetan hätten. Nachts erzählte ich ihr, dass ich, nur um sie zu beschützen, meine schönen Haare eins nach dem anderen ausgerissen habe. Arglos, wie sie war, glaubte sie mir, und auch andere, weniger Arglose, haben mir geglaubt.

Wir wohnten in einem Zelt bei der Mülldeponie, und nur wenige Leute sahen uns. Wir aßen von den Resten des nahen Wohnviertels, des Depot-Viertels. Ab und zu kam ein Mädchen aus dem Depot-Viertel und beobachtete uns. Ich sah an ihren Augen, sie mochte unseren Schmutz, und verjagte sie. Meine Schwester weinte dann, versuchte, ihr nachzulaufen, so allein war sie. Aber ich blieb unnachgiebig. Ich sagte den Müllmännern und dem Mädchen aus dem Depot-Viertel: ›Kommt wegen unserer Schönheit, nicht wegen unserer Hässlichkeit!‹

Alle paar Monate erreichte unsere Hütte ein Paket von unserer Mutter, der Hure. Sie schickte mir Schleifen für meine Haare, obwohl ich keine Haare hatte. Meiner Schwester schickte sie Windeln und Babykleidung, obwohl sie schon fünf Jahre alt war. Das Mädchen sagte: ›Mama, schau mal, was die Oma geschickt hat‹, aber ich konnte ihr die Wahrheit nicht sagen.

Das Problem war, dass wir nicht dieselbe Sprache sprachen. Sie hatte eine andere Sprache, die sie von den Müllmännern lernte und die ich nicht verstand. Deshalb hatte ich keine Ahnung, was sie ausheckte. Wenn sie nachts wie eine Verrückte Dinge murmelte, wusste ich nicht, ob sie mich verfluchte oder segnete. Das kann mir keiner vorwerfen, denn jeder Mensch braucht ein bestimmtes Maß an Gewissheit, und als eines Morgens einer der Arbeiter kam und sagte, er wolle sie zusammen mit seiner Frau, die keine Kinder kriegen konnte, großziehen, sagte ich: ›Dann nehmen Sie sie.‹

In der ersten Nacht ohne sie sagte ich mir: Endlich kann ich schlafen, ohne irgendwelche Wunden zu verbinden. Am Morgen sagte ich zu dem Arbeiter: ›Nehmen Sie auch mich.‹

Er sagte: ›Dich brauch ich nicht.‹ Ich sagte: ›Aber ich brauche Sie, genauer gesagt, sie.‹ Er fragte: ›Wen?‹ Ich sagte: ›Meine kleine Schwester.‹ Er fragte: ›Was bringt dich zu der Annahme, dass deine kleine Schwester bei mir ist?‹ Ich sagte: ›Sie haben sie doch gestern Morgen von mir weggenommen, für Ihre Frau, die keine Kinder kriegen kann.‹ Er sagte: ›Das bin ich nicht gewesen. Du musst mich mit jemandem verwechseln.‹

Jeden Morgen lief ich von einem Arbeiter zum nächsten. Sie sahen alle gleich aus in ihren stinkenden grünen Overalls, und alle leugneten, meine Schwester von mir genommen zu haben. Am Ende sagte einer: ›Wenn deine Schwester dir so wichtig ist, warum hast du dann auf sie verzichtet?‹

Seitdem suche ich sie nicht mehr, aber man kann nicht sagen, dass ich nicht weiterhin auf sie warte. Woher ich damals wusste, dass ich sie nicht vergessen habe? Ich hatte ein einfaches Zeichen: Jedes Mal, wenn ich an sie dachte, begann ich zu zittern. Am ersten Tag zitterte ich nur einige Stunden, aber ab dem zweiten Tag hörte ich gar nicht mehr auf. Die Arbeiter dachten, mir sei kalt, und warfen alte Kittel auf mich, die sie im Müll gefunden hatten. Einer von ihnen passte mir. Man kann nicht sagen, dass ich aufhörte zu zittern, aber es war besser, in dem Kittel zu zittern als ohne ihn.«

Als ich mit meiner Geschichte zu Ende bin, hab ich den Eindruck, dass ich nichts mehr zu sagen habe. Das ist ein ziemliches Glück, denn es hört mir auch keiner mehr zu. Angelehnt an ihren Mann, ist auch die Architektin eingeschlafen. Nur ich schlafe nie ein.

»Entschuldigung«, sage ich, doch sie reagieren nicht.

»Verzeihen Sie, jungvermähltes Paar«, versuche ich es noch mal, lauter, »haben Sie zufällig etwas Gift im Haus?«

Auf einen Schlag fahren sie aus ihrem Schlaf hoch. »Gift?«, rufen sie. »Überstürzen Sie nichts!«

»Das ist nicht überstürzt, ich denke schon ein paar Stunden oder Wochen darüber nach. Seit ich bei Ihnen ankam.«

»Sie dürfen die Hoffnung nicht aufgeben«, sagen sie, »Ihr Mädchen wird zurückkehren, Ihr Geliebter wird zurückkehren. Sie werden alles zurückbekommen.«

»Ich sorge mich nicht um mich, ich sorge mich um Sie«, versuche ich, meinen Standpunkt zu erklären.

»Uns stören Sie gar nicht so sehr«, sagen sie scheinheilig.

»Mag sein«, sage ich, »aber Sie stören mich hingegen sehr. So sehr, dass es keinen anderen Ausweg gibt, als Sie zu vergiften und diesem Albtraum ein für alle Mal ein Ende zu machen.«

Stimmt, ich hätte ihnen meine List nicht verraten müssen, aber ich hab in meinem Leben so viel gelogen, dass ich dieser langen Liste keine weitere Lüge hinzufügen will.

»Was stört Sie denn so?«, fragt die Architektin erschrocken.

»Seit ich aufgehört habe, Teil eines Paares zu sein«, antworte ich, »weckt jedes Paar, das ich sehe, in mir einen furchtbaren Zorn, ganz besonders, wenn sie ein Baby haben, im Bauch oder schon draußen oder auch nur im Kopf, das sind Feinheiten. Es gibt Wörter, die kann ich nicht mehr hören, und gerade diese Wörter benutzen Sie die ganze Zeit.«

»Wir? Aber wir sagen doch gar nichts.«

»Dann denken Sie sie eben. Gerade diese Wörter denken Sie die ganze Zeit. Sie denken: ›mein Mann, mein Mann‹, und er denkt: ›meine Frau, meine Frau‹, und beide zusammen denken Sie: ›unser Baby, unser Baby‹. Haben Sie ernsthaft geglaubt, ich kriege das nicht mit? Mir kann man nichts mehr vormachen.«

»Was wollen Sie von uns?«, schreit da die Architektin.

»Sie besitzen noch die Frechheit, das zu fragen? Sie sind in dieses Depot gekommen. Hier lebte vor Ihnen eine glückliche Familie. Alles war bestens eingetaktet, wie eine Kuckucksuhr. Ohne Worte, alles lief von selbst. Sein Gesicht war bei Licht betrachtet vielleicht etwas sonderbar, aber ich sah ihn sowieso nur im Dunkeln. Ein-, zweimal im Jahr habe ich ihn betastet, um sicher zu sein, dass es wirklich er ist. Das Mädchen habe ich jeden Morgen und jeden Abend betastet, bis ich sie gut kannte. Einmal am Tag sagte ich: ›mein Mann‹, einmal am Tag sagte er: ›meine Frau‹, im Chor sagten wir: ›unser Mädchen‹. Diese Erinnerung wird mir niemand nehmen, und ich besitze keine wertvollere Erinnerung als die.

Und dann«, fahre ich fort, »sind Sie hierhergekommen. Ich hatte einen Klumpen Stille im Herzen, und den haben Sie mir ausgerissen und auf dem Boden zertrümmert. Sie haben uns alle vertrieben. Wir haben uns in alle Himmelsrichtungen zerstreut, wie aufgeschreckte Schafe, und das alles nur, damit Sie sich hier Ihr warmes Familiennest einrichten können.

Gab es denn sonst kein Haus? Hätten Sie Ihre armseligen Glieder nicht woandershin schleppen können? Schauen Sie, zum Beispiel hier«, ich klopfe auf den nackten Fußboden, »hier habe ich mit dem Mädchen im Arm und dem Ehemann gesessen und mich kneifen müssen, um zu wissen, dass mir dieses Glück wirklich widerfährt. Und jetzt, stellen Sie sich vor, soll diese heilige Ecke vom Urin Ihrer Tochter beschmutzt werden?«

Plötzlich weine ich wie ein Kind. Ich bin bereit, die Sache mit dem Gift zu lassen, ihnen das Depot zu verzeihen, Hauptsache, sie bleiben bei mir und lassen mich nicht allein. Denn jedes Mal, wenn ich versuche zu schlafen, klopft mir mein voriges Leben auf die Schulter und dreht mich von einer Seite auf die andere. »Lassen Sie mich zwischen sich schlafen«, bettle ich. »Sie müssen wissen, ich hasse es, mit anderen in einem Zimmer zu schlafen. Wegen Ihrer Atemzüge werde ich kein Auge zutun, ganz zu schweigen von Ihrem Schnarchen, aber wenn mein früheres Leben kommen wird, um mich zu quälen, quält es vielleicht irrtümlich Sie.«

Sie schauen einander an, fix und fertig, und ich sehe ihren fiesen Blick und koche sofort vor Wut.

»Wenn nicht, dann nicht!«, schreie ich. »Die Idee, Sie zu vergiften, war wirklich die bessere. Ihre Leichen werd ich unter dem Bett verstecken. Glauben Sie mir, Sie sind nicht die Ersten. Ich hab eine ganze Mülldeponie unter dem Bett. Die Leute fragen mich: ›Was hast du da? Versteckst du da tote Katzen?‹, und ich lache höflich und sage: ›Nicht Katzen, das sind die Menschen, die mir am nächsten sind.‹ Aber keiner glaubt mir.

Sie können sich auf mich verlassen«, tröste ich sie, »für mich führt kein besserer Weg nach Hause als der über Ihre Leichen. Für mich gibt es keinen besseren Ort, mich zu verstecken, als hier. Also, packen wir es an, kurz und schmerzlos und ohne Sentimentalitäten.«

Wie kann man zu einem verliebten jungen Paar am Tag nach seiner Hochzeit und mit einem Embryo, der schon in der Gebärmutter strampelt, »kurz und schmerzlos« sagen? Es ist ganz verständlich, dass sie einander um den Hals fallen, sich klagend und weinend voneinander verabschieden und von ihrer teuren Zukunft, ihrer kurzen Vergangenheit, ihrer bald endenden Gegenwart reden.

»Sehen Sie«, sage ich im Siegerton, »jetzt verstehen Sie endlich, wovon ich rede; meine Zukunft war nicht teurer als Ihre. Meine Vergangenheit war nicht kürzer als Ihre. Meine Gegenwart ist beendet, genau wie Ihre.«

Plötzlich erinnere ich mich an die beiden, das Mädchen und den Ehemann, wie sie dunkel am großen Fenster gestanden hatten. Nur die Umrisse ihrer Schatten hatte ich sehen können, den Rest hab ich nur geahnt, und ich erinnere mich an das Bienensummen, das fein und traurig von ihnen aufstieg. Da hatte ich sie spöttisch gefragt: »Betet ihr?«, und der Ehemann hatte düster geantwortet: »Ja. Wir beten für dich.«

»Wissen Sie, warum ich hierher zurückgekommen bin?«, frag ich sie. »Ich habe den triftigsten Grund, und der ist gleichzeitig auch der traurigste Grund: Ich habe plötzlich gesehen, wie mein kaputter Körper zu einem Körper aus Erinnerungen verkommt, und das konnt ich nicht ertragen. Ich sagte mir: Lieber in den Tempel zurückkehren, als dass auch noch mein Körper zu einem Ort heiliger Erinnerungen wird.«

»Was bedeutet das?«, fragt die Architektin mit einem Seufzer der Erleichterung, anscheinend glücklich, dass ich das Thema gewechselt habe.

»Das begann in der Zeit, als es den Geliebten noch gab«, erkläre ich ihr, »da hörte mein Körper auf, Körper zu sein, und wurde zur stummen Landkarte heiliger Stätten. Jeder, der mich kennt, weiß, Landkarten hab ich noch nie lesen können. Das hatte mir also gerade noch gefehlt.

Wenn der Geliebte anfing, mich zu streicheln, musste

ich sofort an den Apfelbaum denken, der am Eingang zu unserem Depot stand, ich dachte an alle Äpfel, jeden einzelnen, an all die Äpfel, die verfault sind, noch bevor sie in den Mund meines süßen Mädchens kamen. Und ich dachte an die Sätze, die mein Mädchen nie mehr sagen würde, zum Beispiel: ›Bei uns zu Hause steht ein Apfelbaum.‹ Was, wenn das der wichtigste Satz auf der Welt ist? Und was, wenn das der einzige Satz ist, den sie sagen kann?

Der Geliebte streichelte mich, und ich flüsterte ihm diesen Satz ins Ohr: ›Bei uns zu Hause steht ein Apfelbaum.‹ Ich versuchte es mit kindlicher Stimme, aber das stimmte nicht. ›Lüge, das ist eine Lüge‹, schimpfte ich mich dann, ›du darfst nicht lügen.‹ ›Bei uns zu Hause stand ein Apfelbaum‹, gestand ich ihm dann mit leiser Stimme, aber dann packte mich plötzlich so ein Weinen, dass sogar der Geliebte, der so sehr in sich selbst versunken war, es merkte. ›Wie kann man ein Haus verlassen, an dem ein Apfelbaum wächst?‹, quälte ich mich dann. ›Es gibt doch so ein Gebot, dass man ein Haus mit einem Baum nicht verlassen darf.‹

Wenn er von meinem Körper abließ, vergaß ich den Apfelbaum auf einen Schlag, aber dann streichelte er mein Haar, und sofort erstand vor meinen Augen das riesige Zimmer des Mädchens, mit dem großen Teddy und dem ganzen Spielzeug. Jede Berührung von ihm quetschte eine Erinnerung aus mir heraus, jede Erinnerung wurde zu einem Reifen von Schmerz und jeder Schmerz zu Zorn.

Als er wegging, sagte ich: ›Ich habe einen Geliebten,

er wird schon wiederkommen‹, und dann schimpfte ich mich: ›Lüge, das ist eine Lüge.‹ Wenigstens wird mich niemand mehr anfassen, versuchte ich, mich zu trösten, aber sofort begann ich, mich selbst anzufassen, an seiner statt. Wenn ich mich an den Apfelbaum erinnern wollte, ließ ich die Hand über meine müden Brüste gleiten, über meinen entleerten Bauch, und sofort fielen die Äpfel vom Baum.

Irgendwann hielt ich diesen Mechanismus nicht mehr aus und sagte mir: ›Ich werde dorthin zurückkehren und mich von dem Fluch befreien.‹ Und was ist dabei rausgekommen?« Plötzlich koche ich vor Zorn. »Nachdem ich tage- und nächtelang gewandert bin, im Chamsin und im Schnee, komme ich hierher und sehe: Sie haben den Baum ausgerissen!«

»Aber der Altar ist noch da«, tröstet mich die Architektin.

»Ein Apfelbaum ist wertvoller als ein Altar«, weine ich.

»So ist es jetzt eben«, stellt sie nüchtern fest.

Ihre Entschiedenheit erschreckt mich, und ich versuche, mir eine nutzbringendere Art zu überlegen, die Zeit gemeinsam zu verbringen.

»Dann lassen Sie uns doch eine Erinnerungszeremonie machen«, schlage ich ihnen vor, »vielleicht lindert es meine Schmerzen, wenn wir die Erinnerungen von allem, was passiert ist, zu dritt teilen.«

Wieder zögern sie, aber diesmal bin ich die Entschlossene. Ich krame in dem Haufen Geschenke und ziehe zwei weiße Nachthemden heraus und überrede sie, sie anzuziehen. Als sie mit ihren kleinen Körpern in ihren kindlichen Hemdchen auf den Rutschen durch den Raum des Depots rutschen, scheinen sie plötzlich makellos zu sein. Ihre Behinderungen verschwinden, sie sind rein, schön wie Engelchen und verbreiten einen süßen Duft der Gnade.

»Kommet her zu mir«, flüstere ich sanft und breite die Arme aus, »kommet her und umschwebt mich und löscht all meine Behinderungen, so wie ich eure Behinderungen gelöscht habe.«

Sie nähern sich mir, murmeln in einer sonderbaren Sprache Segensworte, streicheln mich, ohne mich anzufassen, er die Beine, sie die Arme oder umgekehrt. Plötzlich verschwinden sie, kehren aber sogleich mit einem weißen Kleid zurück, das sie im Schlafzimmer gefunden haben, und beginnen, mich auszuziehen. Ich versuche, mich zu widersetzen, doch zusammen mit dem schmutzigen Kittel fällt auch mein Widerstand von mir ab, und ich lasse sie meinen Körper mit Segnungen salben und mir das weiche lange Kleid anziehen.

»Gleich wird das Mädchen kommen«, murmle ich, »durch diesen Riss in der Decke wird sie kommen. Erst der Kopf, dann die Schultern und der Rücken, die weißen Oberschenkel und die Waden. Stimmt, der Riss ist winzig, aber wenn ich mich sehr konzentriere, wird sie durch ihn kommen. Sie wird sich nicht beherrschen können, ich kenne sie doch, sie wird den Stoff des Kleides anfassen wollen.«

»Das Mädchen wird kommen«, sagen sie strahlend, »schon seit ein paar Stunden, seit wir mit der Zeremonie begonnen haben, schwebt ihr Blick durch die oberen Räume. Sie wird kommen, aber nicht allein.«

»Wer wird sie begleiten?«, frage ich erschrocken. »Ihre neue Mutter?«

»Keine Sorge«, sagen sie lächelnd, »das ist eine Überraschung.«

»Ich hasse Überraschungen.«

»Es ist eine gute Überraschung«, sagen sie, »aber erst müssen wir Sie kämmen. Sie haben sich ja Jahre nicht mehr gekämmt.«

»Mich kämmen? Ich hab seit Jahren keine Haare mehr.«

Sie umschweben mich, halten goldene Kämme, und ich sehe, wie die Zinken der Kämme von einer schwarzen Wolke aus langem, glänzendem Haar verschluckt werden, das nicht mit mir verbunden ist, aber auch nicht losgelöst von mir, und ich bedecke mich mit dem Haar und beginne zu warten.

Möglich, dass ich Jahre auf sie warte, möglich auch, dass sie sofort kommt. Ich liege da, starre auf den schmalen Riss in der Decke, und plötzlich sehe ich sie hereinkommen, ausgerechnet durch die Haustür, mit einem violetten Kleid und einem violetten Blick wird sie von den beiden Engelchen feierlich hereingeführt. Ich breite die

Arme aus, und sie werden länger und länger, bis ich einen Zipfel ihres Kleides berühren und sie zu mir ziehen kann. Ich umarme sie, so fest ich kann, und sage: »Liebling, endlich kann ich die Augen schließen, nachdem ich jahrelang mit offenen Augen schlief, weil ich auf dich gewartet habe.«

Aber diese Engelchen lassen mich nicht in Ruhe. Gleich nach dem Mädchen bringen sie den Ex-Mann zu mir, gekleidet wie ein Bräutigam, verlegen und beschämt, und nach ihm kommen meine Eltern angerutscht, wackeln mit den Beinen auf der Rutsche und lächeln glücklich, und allerlei Nachbarn und Verwandte, die ich seit Jahren nicht gesehen habe, und alle setzen sich entlang der vom Kalk noch feuchten Wände, warten schweigend und gespannt, dass die Erinnerungszeremonie beginnt.

Interessant, wer diese Zeremonie wohl leitet, denke ich mir, und als ich mich umschaue, sehe ich den Architekten für Beine in seinem weißen Nachthemd auf dem Stuhl stehen, und er ruft mit kräftiger Stimme: »Wer erinnert sich an die Familie, die hier lebte?«

Alle Geladenen heben die Hand, nur mir gelingt es nicht, meine um sie geschlungenen Arme frei zu kriegen.

»Wer erinnert sich an den Apfelbaum?«, fragt die Architektin für Arme in ihrem weißen Nachthemd, und wieder heben alle die Hand außer mir.

»Wer erinnert sich an mich?«, fragt da der Ex-Mann, tritt in seinem prächtigen Bräutigamsaufzug einen Schritt vor. »An mich, der ich Steine auf den Berg geschleppt habe, Steine ausgeleert und aufgefüllt habe, wer erinnert sich an mich, der ich selbst zu Stein wurde, nicht lebendig und nicht tot bin, nicht geliebt und nicht gehasst werde. An mich, der ich nicht geküsst wurde. An mich, der nicht gesehen hat und nicht gesehen wurde, an mich, der ich gewartet habe und auf den niemand wartete, an mich, der ich nicht länger warten werde.

Wer wird die Nächte zählen, in denen ich kein Auge zutat, in denen ich Löcher in die harte Matratze grub und mit Sperma füllte und wartete. Und erst gegen Morgen, wenn das Sperma zu Eis gerann, schlief ich ein. Wer erinnert sich, wie ich die Schichten der Nacht gezählt habe, wie ich mich immer mehr gekrümmt habe? Wer erinnert sich, wie auf meinem Rücken die Nacht weiß wurde und der Tag schwarz?«

Als er zum Ende kommt und wieder einen Schritt zurücktritt, fliegen viele Hände in die Luft, und ich habe den Eindruck, bei einigen rollen die Tränen. Auch ich weine, wenn ich daran denke, wie seine Jugend zerbrochen ist. Auch ich weine, wenn ich daran denke, wie meine Jugend zerbrochen ist.

»Wer erinnert sich an mich?«, fragt das Mädchen, schüttelt plötzlich meine Arme ab, hüpft zu ihm und stellt sich neben ihn. Ihr Blick ist schlafwandlerisch, ihre Stimme glockenklar, und alle stehen auf und drängen sich um ihren kleinen Körper und verwehren mir den Blick. »An mich, die ich still war wie ein Baum. Mich, die ich von einem Arm zum nächsten flatterte, einen Moment Fisch, einen Moment Falter. Alles zuckte, ohne dass ich es kontrollieren konnte. Danach hieß es, ich sei ohne Bewusstsein gewesen. Danach hieß es, ich sei zu früh gekommen. Danach hieß es, ich sei eine andere gewesen, danach hieß es, nicht ich sei schuld, und ich habe meine Puppen gekämmt und sie schlafen gelegt.«

»Vergesst nicht, dass auch ich mit dabei war.« Jetzt stehe ich auf und schüttle alle Haare ab, die mich bedeckten. »Wir waren drei, keiner mehr, keiner weniger, und mehr werden wir auch nicht mehr werden. Wir waren eine schwarze Familie. Am großen Fenster in der Sonne sind wir schwarz geworden, und manche sagten, wir seien verbrannt. Jede Bewegung tat weh, und manche sagten: Man muss sich ja nicht bewegen.«

Aber ich habe die kleinen Lichter gesehen, die gegen Abend an den Seiten der Häuser angingen, als wären sie große Flugzeuge, die ohne mich abheben wollten. »Hört ihr?« Ich schreie es in all die Gesichter, die sich um mich drängen und mir das Mädchen verstellen: »Es will ohne mich abheben, und in ihm sitzen die, die ich am meisten liebe.«

Sogar wenn ich die Augen schloss, sah ich, wie sie sich am Fenster hin und her bewegten – das Mädchen und der Ex-Mann, langsam, wie alte Pflugscharen. Da war der Ex-Mann, schwerfällig vor Hass, glücklich ohne mich, und das Mädchen tanzte neben ihm auf dem Fensterbrett, ein Bein auf dem Fensterbrett, eins im Schwarzen. Und ich schrie: »Pass auf! Komm zurück!« Sogar wenn ich die Augen schloss, sah ich ihre Zöpfe vor mir flattern wie schwarze Vögel, erzähle ich ihnen. »Sogar wenn ich mir die Ohren verstopfte, hörte ich ihre Stimme zerbersten. Sie splitterte sich auf zu allen Mädchen der Welt, und vor lauter Mädchen der Welt gelang es mir nicht, sie zu erkennen, obwohl ich jede einzelne ihrer Bewegungen geliebt hatte. Ihr könnt euch nicht vorstellen, wie mich das erdrückt hat«, jetzt weine ich schon, »ich liege auf dem Zebrastreifen, über mich fahren die Reifen und pflügen mich um. Um mich herum tanzen Dutzende von Mädchen in winzigen Röckchen, Mädchen, die jemand mit dem Lineal abgemessen und genau von der Schädelmitte aus zweigeteilt hat, und trotzdem tanzen sie, ein Bein hier, ein Bein dort, ein Arm hier, ein Arm dort; ihr werdet es nicht glauben, sie lächeln sogar, ein halbes Lächeln hier, ein halbes Lächeln dort.«

»Lächelt ihr auch?«, schreie ich sie an, als alle Münder sich mit hässlichen Bewegungen verzerren, einige grinsen spöttisch, andere schnalzen abschätzig mit der Zunge. »Was, verdammt noch mal, ist das für eine Erinnerungszeremonie? Wie sehr habt ihr mich erniedrigt«, sage ich zu dem großen Publikum, »für nichts und wieder nichts habt ihr mich erniedrigt. Ist das bei euch so üblich? Auf die Schwachen zu treten? Auf die zu treten, die auf sich selbst treten?«

Als ich mich umschaue, um den Verantwortlichen zu finden, sehe ich einen Mann, der versucht, meinem Blick auszuweichen. Er hat einen schmalen Körper und ein finsteres Gesicht, in seinen Augen wechseln immerzu Liebe und Hass, wie bei einer Ampel, und plötzlich bin ich mir absolut sicher, den hab ich schon mal gesehen, im Land der Haare hab ich ihn gesehen.

»Diesen Mann kenne ich!«, schreie ich, nicht ihm, sondern meinen Eltern zu, die verlegen in der Ecke sitzen. »Er war die Liebe meines Lebens, das kann man sagen, auch wenn es klingt wie ein schlechter Witz. Stellt euch vor«, ich gehe auf sie zu, so nah, dass ich im nächsten Moment auf ihrem Schoß sitze, »stellt euch vor, eines Tages hab ich diesen Mann, diesen toten Kater, im Land der Haare getroffen. Stellt euch vor, dass wir meine Verluste und seine Verluste zusammengezählt haben, bis nichts mehr übrig war. Wer hätte gedacht, dass ich ihn noch einmal sehen werde, und dazu noch in einer so hohen Position, dass ausgerechnet er meine Erinnerungszeremonie leitet, eine Zeremonie, auf die ich jahrelang gewartet habe.«

»Das tut uns leid«, sagen meine Eltern gleichzeitig. Ich habe sie nie mit einer Stimme sprechen hören und betrachte sie misstrauisch. »Wir sind hier nur zu Gast. Die Einladung kam erst heute früh. An der Organisation waren wir gar nicht beteiligt.«

»Dacht ich mir schon«, sage ich ihnen. »Zeremonien waren noch nie eure Stärke, darin wart ihr echt schwach. Deshalb hab ich ja schon vor meiner Bat-Mizwa geheiratet.

Übrigens«, fahre ich fort, »ich glaube, das letzte Mal haben wir uns bei den Müllcontainern getroffen. Seitdem seid ihr dermaßen geschrumpft, dass ich euch, sogar wenn ihr so dicht zusammensitzt, kaum noch sehe. Wenn ich dran denke, dass ich früher glaubte, ihr könntet mir schaden, schmeiß ich mich weg vor Lachen, aber noch lustiger wird es, wenn ich daran denke, dass ich früher glaubte, ihr könntet mir eine Hilfe sein. Es hat sich herausgestellt, und schade, dass mir das erst jetzt, wo es zu spät ist, aufgeht, aber es hat sich herausgestellt, dass Mama und Papa eben bloß zwei weitere Menschen auf der Welt sind.«

»Wie redest du«, schimpft mein Vater, »vergiss nicht, dass auch du Mutter bist.«

»Eine Mutter, die nicht hüpfen kann, ist keine Mutter«, sage ich.

»Warum sprichst du immer so schlecht über dich?«, schaltet meine Mutter sich ein. »Natürlich kannst du hüpfen. Ich selbst habe es dir beigebracht.«

»Dann muss ich es wohl vergessen haben. An dem Tag, an dem das Mädchen verschwand, vergaß ich all meine Aufgaben und Pflichten, und im Grunde genommen, schon ein bisschen früher.«

»Ein bisschen früher?!« Jetzt mischt mein Ex-Mann sich ein. In seinem Hochzeitsanzug kommt er auf uns zu, sein Blick zeigt, er ist verletzt, und seine Gesten sind schneller, als er sprechen kann. »Viel früher!«, ruft er. »So früh, dass du überhaupt nichts vergessen konntest.«

»Das ist jetzt nicht die Zeit zum Aufrechnen«, schimpfe ich ihn. »Das ist eine Erinnerungszeremonie, die sollte feierlich und würdig ablaufen, aber dieser Leiter ist ja nicht in der Lage, dafür zu sorgen.«

Ich weiß, der Ex-Geliebte kann nicht einmal einen kleinen Stich wegstecken, und tatsächlich, sofort baut er sich vor mir auf mit zornigem Blick.

»Ich bin der Leiter dieser Zeremonie.« Er stellt sich vor, als wären wir uns noch nie begegnet. »Haben Sie irgendwelche Beschwerden gegen mich?«

»Beschwerden?« Ich grinse spöttisch. »Beschwerden ist ein zu schwaches Wort für das, was ich gegen dich habe. Ich habe sehr viel mehr als nur Beschwerden gegen dich, aber, was soll ich machen, in dem Moment, als die Zeremonie begann, hab ich sie auf einen Schlag alle vergessen.«

»Was du vergessen hast«, sagt er, »wird schon nicht so wichtig gewesen sein.«

»Da irrst du dich aber gewaltig«, schimpfe ich, »die wichtigsten Dinge sind die vergessensten. Frag meinen Vater, er sitzt hier, ob er jemand Wichtigeres hatte als mich und ob er jemand Vergesseneren hat als mich.«

Er schaut sich um und sucht meinen Vater. Man kann ihm keinen Vorwurf machen, dass er ihn nicht findet, denn neben den beiden, meiner Mutter und meinem Vater auf einem Stuhl, ist noch viel Platz für jemanden, der sich hinsetzen möchte, und er möchte sich tatsächlich setzen. Ohne sie zu bemerken, lässt er sich mit seinen spitzen Gliedern auf ihrem leeren Platz nieder, und kein Laut ist zu hören, nicht von ihnen und nicht von ihm.

»Das, woran man sich erinnert, raubt einem die Ruhe«, sage ich zu ihm. »Lustig, dies ausgerechnet bei einer Erinnerungszeremonie zu sagen, aber du wirst mir sicher zustimmen, dass unsere Liebe, verzeih mir den Ausdruck, un-erinnerbar war.«

»Ich weiß nicht, wovon du sprichst. Vielleicht sahst du einen Mann mit einem Gesicht wie meinem, mit einem Körper wie meinem, aber das war nicht ich. Du verwechselst mich wohl mit jemandem.«

»Das wäre schön gewesen«, seufze ich, »ach, wenn ich dich nur verwechselt hätte und dich im nächsten Laden hätte umtauschen können oder, besser noch, wenn ich dich hätte waschen, bügeln und aufbürsten können. Es wäre mühsam gewesen, doch ich hätte keine Mühen gescheut – aber jetzt in meinem Alter und ganz gewiss in meinem Zustand weiß man, dass, was nicht war, auch nicht mehr sein wird.«

Wenn er sich bewegt, knirschen seine Knochen, sogar seine hin- und herspringenden Pupillen sägen wie Grillen, und aus seinem Bauch dringt das vertraute Geräusch von Kies. Ich reibe mir fest die Augen und sage zu ihm: »Mit geschlossenen Augen bist du unerträglich, und mit offenen Augen bist du unmöglich. Wo auch immer du warst, hast du gezündelt und danach noch die Frechheit gehabt, mich zu fragen, woher ich all diese Verbrennungen habe.«

»Was willst du von mir?« Er schimpft, rutscht weiter auf dem Stuhl hin und her, und mir ist, als höre ich leise Seufzer von meinen Eltern, die unter ihm zerdrückt werden, und er murmelt: »Hat dich denn jemand gezwungen, mir zu glauben?«

»Verschwinde, heb deine trocknen Knochen weg von

hier«, schreie ich, »ich verzichte liebend gern auf deine Dienste. Geh und leite die Erinnerungszeremonie für eine andere Frau!«

Als er verschwunden ist, ist es auch mit der Disziplin auf einen Schlag vorbei, viele der Teilnehmer verlieren die Beherrschung, vergessen ihre Rollen. Sogar das Architektenpaar in den weißen Hemdchen vereinigt sich in einer Ecke und ignoriert mich.

»Jetzt übertreibt ihr's aber, meine Herrschaften«, schreie ich, »soll ich meine Erinnerungszeremonie jetzt auch noch selber leiten? Soll ich mich selbst zur Welt bringen, mich selbst unter den Traubaldachin führen, mich selbst verstoßen und mich selbst umbringen? Ich bin zwar für Selbstständigkeit, aber das ist dann doch ein bisschen viel.«

»Ich bin bereit, das für dich zu übernehmen«, sagt mein Ex-Mann. Anscheinend hat mein Schimpfen doch etwas bewirkt. Erst jetzt, wo er vor mir steht, sehe ich, sein Anzug ist abgewetzt, als hätten ihn bereits Dutzende Bräutigame vor ihm getragen, aber das ist mir egal.

»Na Mensch, das freut mich aber!«, tue ich begeistert. »Besser hätt ich es mir nicht wünschen können. Was immer du auf dich nimmst, tust du mit Hingabe, freundlich und mit sanfter Stimme. Auch wenn du uns hier nach und nach alle beseitigen wirst, du wirst es mit Hingabe, freundlich und mit sanfter Stimme tun, da hab ich keine Sorge. Nur sei so lieb und besorg mir eine kleine Decke, dann kann ich hier auf der Rutsche in Ruhe schlafen, so, als wäre nichts passiert.«

»So, als würde auch nichts mehr passieren, meinst du wohl.« Wie immer schon spielt er den Schlauen.

»Was passiert ist oder was passieren wird, spielt schon keine Rolle mehr«, sage ich, »Hauptsache, im Moment passiert nichts.«

»Dann schlaf jetzt, mein Mädchen«, sagt er, er muss uns verwechselt haben, doch auch das ist mir jetzt egal, Hauptsache, er legt mich freundlich und mit sanfter Stimme schlafen. Aber als er über mir steht und eine kleine Decke über mir ausbreitet, bemerke ich seinen Bauch, der unter seinem Jackett wie ein Berg hervorragt, und springe mit letzter Kraft von der Rutsche auf.

»Erinnerst du dich an den alten Heiler?« Ich stürze mich auf ihn. »Weißt du, dass ich jeden Abend an seiner Praxis auf ihn warte? Wenn er da auf seinen zitternden Beinen rauskommt, schreie ich ihn an: ›Nachdem Sie mir diese Behinderung zugefügt haben, möchte ich einmal sehen, dass Sie auch etwas reparieren.‹ Zu seinem Glück ist der Heiler bereits völlig taub, er starrt mich nur an, hört aber nichts. Aber du, du bist noch nicht taub. Also, komm her!«, schreie ich den verschreckten Bräutigam an, er weicht zurück. »Lass uns endlich nachsehen, was du da noch in deinem Bauch versteckst! Es würde mich nicht wundern, wenn du das Mädchen verschluckt hättest!

Keine Sorge«, beruhige ich ihn, packe seinen Arm und versuche, ihn auf die Rutsche zu ziehen, »früher war es üblich, bei der Geburt zu sterben. Das Kind oder die Mutter oder, wenn man Pech hatte, beide, aber heute passiert das kaum noch. Also kein Grund zur Sorge«, verspreche ich ihm, »wie gut, dass die Zeiten sich geändert haben, wie gut, dass wir heute leben, wenn man das denn Leben nennen kann.«

Zu meiner Überraschung gehorcht er sofort, legt sich auf dem unteren Ende der Rutsche auf den Rücken und hebt die Beine, als hätte er nichts zu verbergen. Er schaut mich mit vollem Vertrauen an, genau so, wie ich den Geburtshelfer damals angeschaut habe, und ich verstehe, ich brauche hier vielleicht doch etwas Hilfe.

»Mutti, bist du noch da?«, rufe ich laut, suche sie auf dem beinah leeren Stuhl. »Hilfst du mir mal bitte, diesen Ehemann zu entbinden, wir machen das jetzt ohne Geburtshilfeärzte, die verkomplizieren das alles nur. So schwierig kann das nicht sein. Jeden Tag hört man von Geburten im Taxi oder auf dem Klo. Du hast mich ja mal zur Welt gebracht, man kann also sagen, du hast Erfahrung damit.«

»Das ist etwas schwierig, denn als du geboren wurdest, hab ich geschlafen«, sagt meine Mutter, wie immer weicht sie aus, »du bist mir aus dem Bauch gerutscht wie auf diesen Rutschen hier, ohne mich aufzuwecken. Du hast noch nicht mal geweint.«

»Am Anfang deiner Laufbahn warst du wirklich sehr rücksichtsvoll«, bestätigt mein Vater, »aber leider ist davon nicht viel übrig geblieben.« Zu meiner Überraschung hör ich plötzlich, wie sie mit ihm schimpft, ausgerechnet sie, die immer so auf seine Ehre bedacht war. »Was ist denn mit dir los? So was sagt man doch nicht auf einer Erinnerungszeremonie!« Und schon sind sie mitten in einem handfesten Streit, bis ich dazwischenfahre: »Genug damit jetzt! Jetzt hört mir gut zu, das ist jetzt eure letzte Gelegenheit, euch zu entscheiden, ob ihr für mich seid oder gegen mich. Es ist an der Zeit, dass ich verstehe, woran ich bin. Und wenn ihr hinter mir steht, dann möchte ich das bitte auch spüren, und zwar eindeutig.

Kommt, unterstützt mich beide bei dem folgenden Vorhaben«, schlage ich ihnen vor, »es ist wohl das letzte, das ich noch mache, nach all dem, woran ich gescheitert bin. Lasst uns zum Abschied etwas gemeinsam tun, nur wir drei, was man so die Ursprungsfamilie nennt, die alte Kernfamilie. Lasst uns diesen Bauch des Ex-Mannes mit allen Händen, die wir haben, festhalten. Jeder packt ihn an einem Ende, so wie man den Traubaldachin hält, so wie man den Sarg hält, und wir entbinden ihn alle gemeinsam, jeder von uns so gut er eben kann.«

Endlich stehen sie von ihren Plätzen auf und kommen langsam und zögernd vor zu mir. Mit jedem Schritt richten sie sich weiter auf, ihre Gesichter werden jünger, ich starre sie staunend an. Ob wohl auch von mir die Jahre jetzt wie Laub abfallen und ich wieder zwölfeinhalb sein werde und wir alles noch mal von vorne anfangen können?

»Seht ihr?«, sage ich ganz gerührt und gehe auf sie zu. »Seht ihr, was für eine Kraft die Familie besitzt, wenn man sie nur nutzt? Schade, dass wir das jetzt erst entdecken, wo es zu spät ist.« Aber bis wir die Rutsche erreichen, ist sie schon verwaist. Der Ex-Mann ist nicht mehr dort und auch sonst nirgendwo zu sehen. Auf einen Schlag gibt es keine Spur mehr von ihm, obwohl ich schwören könnte, dass ich eine Frau in einem Kleid wie seine Mutter gesehen habe, wie sie in einer Ecke sitzt und ein riesiges Baby in einem Hochzeitsanzug stillt.

»Genug jetzt damit«, schreie ich, trete wütend gegen die leere Rutsche, »genug mit dieser Zeremonie! Ich dachte, nur auf mich könne man sich nicht verlassen, aber es hat sich herausgestellt, dass hier auf niemanden mehr Verlass ist. Hört mir gut zu, meine Herrschaften«, ich stelle mich auf den wackeligen Stuhl und verkünde in autoritärem Ton: »Diese Zügellosigkeit muss aufhören. Ab heute erinnert sich keiner mehr an irgendwas, wartet keiner mehr auf irgendwas, gebiert keiner mehr, liebt keiner mehr, und wenn dennoch jemand darauf besteht, damit weiterzumachen, dann soll er das bitte ohne mich tun. Jetzt weiß ich, Liebe ist die gefährlichste Krankheit von allen. Lasst mich hier weggehen«, sage ich, obwohl keiner mich aufhält, »denn ihr werdet mir zustimmen, es ist lächerlich, vor lauter Sehnsucht für fremde Leute zu vergehen, die wir nur für einen Augenblick getroffen haben, zum Beispiel die Müllmänner oder den Gärtner, der während des Schnees an den Zebrastreifen Geranium pflanzte. Ihr werdet mir zustimmen, dass es widersinnig ist, das Leben mit der Suche nach dem Kartenabknipser zu verschwenden, der eines Morgens, oder vielleicht war es auch mittags – die Sonne ist dem Mond manchmal so verwirrend ähnlich –, mit mutiger Hand meine Sammelfahrkarte geknipst hat.

Lasst mich zum Fluss gehen«, sage ich mit Lippen, die sich immer schwerer öffnen. Mir hört sowieso keiner mehr zu, die meisten Gäste gehen schon. »Ich will das Rascheln des Laubs hören, das sich von den Bäumen löst und aufs Wasser schwebt. Stellt euch vor, erst jetzt verstehe ich, dass auch dieses Laub Staub werden wird. So eine einfache Tatsache, zum Beispiel, kanntet ihr bestimmt euer Leben lang, und ich nicht. Wer weiß, wie viele andere Tatsachen des Lebens ich nicht mitbekommen habe. Ich werde am Fluss sitzen, unter den kahlen Bäumen, mit geschlossenen Lippen werd ich dort sitzen und alles noch mal von vorne lernen.«